关于生活，关于艺术

徐东 著

内蒙古文化出版社

图书在版编目（CIP）数据

关于生活，关于艺术 / 徐东著 . — 呼伦贝尔 : 内蒙古文化出版社 , 2024.1

（中国好美文）

ISBN 978-7-5521-2417-0

Ⅰ . ①关… Ⅱ . ①徐… Ⅲ . ①散文集—中国—当代 Ⅳ . ① I267

中国国家版本馆 CIP 数据核字（2024）第 046570 号

关于生活，关于艺术
GUANYU SHENGHUO，GUANYU YI SHU
徐 东 著

责任编辑　白　鹭
封面设计　鸿儒文轩·末末美书

出版发行　内蒙古文化出版社
地　　址　呼伦贝尔市海拉尔区河东新春街4－3号
直销热线　0470－8241422　　**邮编**　021008

排版制作　鸿儒文轩
印刷装订　三河市华东印刷有限公司
开　　本　880mm×1230mm　1/32
字　　数　194千
印　　张　9.75
版　　次　2024年1月第1版
印　　次　2024年5月第1次印刷
书　　号　ISBN 978-7-5521-2417-0
定　　价　68.00元

目　录

合 作

左手与右手合作，搬起了一件重物，我把它放到了想放的地方。左脚与右脚合作，我去见了一位朋友，聊得非常投机。我与我的一个念头合作，去了一个风景优美的地方，身心愉悦。我饿了，与饭菜合作，吃饱后很舒服。我的一篇文章写出来了，电脑没有突然坏掉，非常给力。我把文章发出去了，编辑看后编发了，与读者见面了。读者又对他的朋友说起了，他看了我的文章，感觉不错，他的朋友也找来读了。受到了读者的好评，我与编者、读者都进行了一次愉快的合作。我的内心浮躁不安，念叨了几句阿弥陀佛，渐渐平静下来了。合作无处不在，不管是人、是物、是有形的还是无形的。所以我要感谢与我合作的一切，也要感谢自己主动地寻求了与外界的联系，我与自己合作还算愉快。

打 鱼

我正是那位在水面上撒网的渔夫。一网网撒下去，不知道能不能有收获，但我知道不撒网，鱼不会自动跳到我怀里。

休息时我盯着水面想，时光如水，鱼或许也是我的化身。我捕捉到的不是鱼，是生活，是人生中一些可能，呈现在我正在形成的命运之中。不同的水域，有的鱼多，有的鱼少，有的无鱼。我自然愿意在鱼多的地方，但要到达那样的地方通常得花很多时间精力。当我到了的时候，或许已没有时间和力气打鱼了；在没有鱼的地方，我只能抱着侥幸的心理打着一些小虾，自我安慰；在鱼少的地方，我只能和很多人灰头土脸地去争夺那不多的鱼，得到了便沾沾自喜；也可以不打鱼，例如放弃对文学的执着，去做些别的，只要有了钱我就可以购来许多鱼——问题是，那不是我打来的，我也体会不到打鱼的艰辛与快乐。人通常是在做着并不是太喜欢的工作，为了工作花费大量时间与精力，仿佛仅是为了享用到更多、更好的鱼，和别人相比生活得并不太差就好。这并非没有意义，但人生的意义却大打了折扣。几乎全是在命定里活着的人，会有更好的选择吗？我经常盯着水面，陷入沉思。

你　听

我们去爬山。他说，你听。我停下脚步，听林中的鸟鸣。我不知那是什么鸟儿，发生了怎样值得兴奋的事情，那样欢快地鸣唱在山野树丛中。我们静静地听了好久。静静地倾听，是一种享受。我会刻意停留在某处，感受那些不会发出声音的存在，想象它们也会发出微小的、奇妙的声音。一棵被风吹着的树、一块被阳光照着的石头、几只搬家的蚂蚁、一群快乐的鱼儿，有时我会长久地注视它们。我相信万物都有各自的语言，也会发出声响，只是我没有听见。印象中那许多无声无息地活着的人，似乎并非没有发出声音，只是没谁留心听见，也不曾与之倾心交谈。静下来，人间的喧哗仿佛也变得纯粹。静下来，或许在熙熙攘攘的人群中间可以听见一条小溪的淙淙流淌。不只是相互爱恋的人才形同一个人，陌生人的一个眼神，也会让你生出似曾相识之感。而人们不会强化那感受，是因为人们总是感到有更多人生的内容与风景，需要去经历、去体验、去拥有。我抬起头搜寻那只欢唱的鸟儿时，金黄色的阳光从树叶的空隙穿下来，"哗"的一声，落在了我的心里。我说，你听。

流浪者

　　看到穿得破破烂烂、浑身上下脏兮兮散发着臭味的流浪汉，我心里涌现的不是嫌恶而是亲近。我想，如果自己有一天无法自控地失踪了，离开了熟悉的城市、熟悉的生活、熟悉的朋友和亲人，放下了一切走向未知的远方，大约也如那流浪者一样。那时我在众人的远方、在山川草木间、在陌生的地方、在风雨霜雪中、在日月轮回中不断向前走去，最终又会消失在哪里呢？有时我渴望那样的孤独与决绝。可当我想起所爱着的也爱着我的人、我的亲人，他们有可能会走遍千山万水，用尽一切办法去寻我，想到我所喜欢的朋友们也会为我担心，为我祈祷，便冷静下来，继续着一如既往的生活，日复一日，年复一年，活成我作为一个正常的、善良的、有责任心的那个我。我想象着存在的另一些可能，期待着新鲜的生活，却渐渐地活成了很多人的样子，并如一股小的风扑向所处的这个大时代的飓风。可我无法穿越时空、假设将来，唯有活成既定命运般的自己，活在当下。每个人都有他自身的局限。每个人都是一个庞大整体的微弱部分，在那个大整体之中很多人远离了最初的自己，渐渐迷失在智性的清醒中，为总是扑面而来的种种现实失去自己。绝大多数的人过着另一种不容易被发觉的、被奴役的生活，而奴役每个人的不再是某个具体的人，而是急遽变化的、人人都在不同程度地参与的、物质越来越丰富的、科技越来越发达的大时代。或许，每一个人都在以不同的方式在人类历史的长河中流浪。

失　望

　　我那张焦虑的脸以及忧郁的眼神告诉我，我对所爱的一切失望，对不爱的一切失望。我也对自己感到失望，可这很可能只是一种假象。事实上我永远怀着希望，热爱着值得或不值得热爱的一切。因为活着即意味着发光发热地燃烧。不管是自私的还是无私的燃烧，仿佛都在把人类文明的世界照亮。有时我喋喋不休，仿佛想对全世界说；有时我沉默不语，仿佛整个世界失去了嘴巴；有时我想痛哭一场，却怎么也哭不出来；有时我想写一写诗，却又觉得对诗爱得不够深入；有时我闭上眼睛沉思默想；有时又突然睁开眼来，茫然看着窗外。我渴望有什么令我心中一动，能够激发我、充实我、影响我、改变我。我相信定会有那样的时刻到来，而我对一切感到失望，仿佛是因为那样的时刻总是姗姗来迟。

窗　外

　　窗外有持续不断的喧嚣声，是人们制造出的各种声音交汇于一处。窗外有绿树在微风中摇晃着枝叶，鸟儿们在远处，在公园里的一角，在野外的树林子里。我想去看看它们，听听它们在唱着什么歌。窗外的风景朝着四面八方延伸，形成一个被情绪与思想笼罩的抽象世界。窗外的一切也在我的内部，使我想要屏息感受时代的心跳。时常我听不到什么，外部的噪音太大。

喊　山

在房中坐久了，去爬爬山很有必要。沉默得太久了，去山中喊几声很有必要。我听见别人在喊，想走过去看看，和那个人聊上一会儿。我只想和那个人聊上一会儿，并不期待和他成为朋友。我甚至想看看那个人是不是另一个我。通常，我只是那么想一想。有时我想喊也喊了出来。山有回声，我听见了我的喊声，甚至感到我的声音穿过时空，会遇到诸神的耳朵。我之所以会呼喊，大约是因为我需要爱与被爱。爱无处不在，只不过我们往往没有让人听见自己的心声。

葬　礼

我和朋友们去参加一位诗人的葬礼。在殡仪馆里，我感到一个人的黄昏降临在一只无形的大鸟的翅膀上，终于要从都市的车流滚滚、高楼林立的景象中飞起来，飞向远方的深处。那远方会有些什么呢？我想，远方一定有人想要的一切。我想象了一条行人稀少的小路，路上走着一位矮个子的人，那个人正是诗人，他不用再承受疾病的痛苦，脸上渐渐地有了青年的、少年的、孩子般的笑容。人在这个世上活过、奋斗过、努力过、承受过、理解过、包容过、热爱过，我们都应感谢他，祝福他。

莫着急

我梦见神仙赠了我三个字：莫着急。醒来拉开窗帘，天已光亮。公园的树丛中传来一些鸟的叫声，那动听的叫声与满目的绿色一样鲜明而混沌。我想摘下一片树叶仔细看看它的脉络，也仅是那么一想。我想待在一处，不必四处走动，可我终是要走出去的。走出去，于是新的一天又开始了，仿佛与昨天无二。我感到自己生活在一个大的笼子里，那颗心飞不起来，也飞不高远。我为此痛苦焦虑。莫着急。急也没用，不如慢下来。

时　光

父亲大我二十二岁，六十四岁了。母亲大我十八岁，六十岁了。我的爷爷和奶奶走了十多年了。我的姥爷和姥姥也离开了我们。我熟悉的一些老人，他们也在不同的年份里走了。有时会想起他们，他们的模样在印象中在心里还是那样熟悉，仿佛他们还在人间。有些孩子们出生了，长大了。我熟悉的人的孩子，我的孩子，许许多多陌生人的孩子。看着他们的时候，我觉得他们有一天也会变成大人，会成家，会有爱的人，会有朋友，会工作，会有压力和烦恼……有些树长高了，变粗了。有些树没有了。有些地方发生了变化——有些老房子没有了，新的房子盖起来了；有些没有路的地方有了路，有些有路的地方变宽了。每一天都在变化，每个人也都在变化。我怕时间过得太快，怕一天下来没有做成什么事情。我常常感到自己没有做什么事。

看 天

我曾是那个躺在山坡上看天的人。那时我十八岁，十九岁，二十岁。那三年我经常躺在山坡上看西藏蓝蓝的天空，和天空上洁白的、一团一团的云彩。多年后我常回忆起那样的时刻。我生命中的西藏：太阳很亮，照着群山，天空很蓝，云淡风轻。当我再次抬头看天时，我已经看不到那时的天空。

情　绪

　　那一天，一整天我都有想要痛哭一场的意思。不知是怎么了，写作啊，编稿啊，都无法进行。看电影，也不过是在看而已。仿佛人都在被动地生活，我为此感到不满。人活着是为了什么？人的不自由，以及自由，似乎都不是个人说了算，除非他是一个孤独无依的人，是一个无欲无求的人。仿佛是生命中的力量减半了，不足了，只能维持着呼吸，继续活着一样。那样的状态，无法向别人说及。亲人也不行，他们会担心，会受影响。那时我会想要喝点儿酒，事实上我并不喜欢酒，喝只是一个想法。抽烟，有时就那么抽一根，也没有别样的感觉。那一天我花了一千多块买了一件可有可无的东西，看上去还好，但也不能给我带来多少喜悦。我知道那种状态只是暂时的，但像一整天都是如此的情况，也并不多见。是什么让我郁闷不乐呢？现在，我想不起来了，只记得我曾为自己那样的状态感到担心。现在，我已正常起来了。

见　面

　　我约朋友过来喝酒，朋友此时正走在路上。我不知道见面会聊些什么，通常情况下我们会聊一聊诗歌。我们还会聊一些读过的书、一些社会现象，聊聊我们最近的想法和感受。有时聊得非常深入，有时彼此都没有谈兴。我们经常见面，一周不见就觉得少了一些什么。事实上我们都喜欢独处。我们都克制着想见对方的想法，因为见面也是浪费时间。人到中年，我们觉得时间越来越宝贵，但我们经常克制不住自己。有时我们会到公园里走一走。我们的一生有些时间就是那样度过的。我们正在渐渐变老。有时我们对老人抱有好感，如同对孩子一样。因为我们经历了过去，还要走向未来，而有些老人走在我们的前面，正活着我们将来的样子。

地　狱

　　人与人有种天然的敌对关系，萨特在短篇《禁闭》里说：他人即地狱。我设想过有一天拿枪对准敌人时能不能扣动扳机。肖洛霍夫在《静静的顿河》里描写葛利高里第一次对人开枪时的感受，当时我在想，一个人就该打死另一个人吗？人为什么要去杀人呢？一个国家为什么要侵犯另一个国家呢？一个政党为什么要消灭另一个政党呢？人为什么非得争个你死我活呢？人是否生活在一种"魔鬼"设下的骗局或迷宫中呢？古往今来不知有多少人死于战争，死于他人之手。有些人面对面地厮杀并无仇怨的人，有些人根本没有看清对手，不了解对方为什么谋害自己就一命呜呼了。一个人的背后都有一个家庭、一个族群，对于与之无关联的人来说，他的死无关紧要，而对于他的亲人来说，他的死非同小可，如同天塌地陷。人如果真能做到爱别人如爱自己，又怎么能忍心杀死别人呢？托尔斯泰在《生活之路》这部哲学随笔中说：众人有同一个灵魂。我确信，这便是真理了。人的有限性在于他认识不到，并且不愿承认所有的人有一个共同的大的灵魂，而这大大地影响了人们获得真正的幸福和快乐。卡夫卡的一个短篇，叫《法的门前》，说的是一个人一生都没有迈过那道有人守着的"门"，这等于是说他到要死时才明白什么叫"真理"。每个人都可以拥有真理，但却未必拥有。真理绝不是不择手段地追求权力与金钱，不是不讲规则没有道德底线地损人利己，不是宁可我负天下人不让天下人负我。但人有着自身的局限性，人的智识与他的命运正如他的理想和现实形成了要命的反差，形成了悖反关系。通常，在宏大的人类生存与发展的困境面前，个人突然就变得脆弱渺小无助了，也正因为此人妥协了，甚至变坏了。海明威有句名言说得好：你可以打败我，但不可能战胜我。问题是，谁心甘情愿被别人比下去被别人打败？阿 Q 的精神胜利法或多或少地存在于每个人的身上，谁成了赵老太爷大约也都会有意无意间有了架子。小说，或者一切艺术作品所要批判的也正是这种人的局限性。科学技术以及经济的发展解决不了人的贪欲，政党与军队也都是由形形色色有问题的人来组成的，因此人最重要的还是学习，提高自己的修养，要相互尊敬，相互友爱，否则人便很容易成为有意无意地制造人间地狱的人。

艺术家

如果你知道什么可以恒久长存并持之以恒地追求它，你就有可能成为艺术家。艺术家认为，人们强调个体的重要性时，不能忘记一棵树、一只小动物对于我们也同样重要。艺术家有时强调自我，实际上他是在强调自我之外的存在与自己的关系。艺术家试图从大自然中汲取营养，以饲养他想见的、感受到的人们的精神怪兽，希望能感化并改变它们，使人间变成天堂。这个思路大体是对的，因为人性中需要注入更多的自然因素。也可以说，人仅仅是一种有智慧的工具，彼此操纵着一起去远方。远方有天堂，有地狱，或者是若有若无的另一种存在。人并没有真正的创造，常常是以为创造了什么。创造一切的并不是人，人不过是参与了创造，当人们认识到这一点之后才能有所敬畏。艺术家认为，人所追求的，不是物质的东西，而是精神的东西，只是人们误以为是在追求物质的东西，而这种盲目造成了人们远离精神的内核。因此，人会活得越发空虚。

大灵魂

　　我并不确定有没有神，却愿意相信有神存在。人类希望通过言说、通过活着、通过一切艺术形式意欲亲近上帝一样的存在，意欲清楚人类可以拥有的幸福与快乐。人之所以怀着种种希望，是人有潜在的神性，总在渴望着成为什么。人性与神性之间隔着肉体欲望，除此之外还隔着几乎难以突破的时空。在维度空间中，人类生活在三维之中。不过，人可以减少他的欲望。因为欲望的存在，每个人都有罪。人活着是在赎罪，这种说法有一定道理。人要向谁赎罪呢？向自己、向别人、向人所共有的那个大灵魂、向无法言说的上帝一样的存在、向人类整体向上的一种纯粹的精神的存在。认为自己没有罪的人是无知的。爱，有没有可能是人赎罪的最佳方式之一呢？爱别人是人最接近神性的行为吗？答案在风中。

珍 贵

人的身上有珍贵的东西吗？当一个工人被机器吞掉一根手指时，他大约会觉得失去的那根手指是珍贵的，而在此之前他可能并未意识到那根手指的珍贵。当一位广受欢迎的、拥有盛名与大量财富的人因病要告别这个世界时，他大概会想到，健康是人最珍贵的东西，别的都不是那么必要。有时候我想，我身上并没有什么珍贵的东西。为什么会那样小瞧自己呢？因为我感到自己是个平平常常的人。我的存在以及那颗爱着什么的心是珍贵的吗？如果是珍贵的，又有谁能发现它的珍贵呢？现实生活中人不能想说什么就说，想做什么就做，为人处世都要三思而行，谨小慎微，即使那样，说不定也会让一些人感到不舒服。有时我为让别人不舒服而愧疚不安，觉得自己对于那些人而言不是那么珍贵。我想，是否可以活得更加自我，不用太在意别人舒不舒服？我想，活得自我的人应是一种珍贵的活法。那些与之相反的、缺少自我的、总是在为别人而活的人，也是一种珍贵的活法吧。所有的人都活得不那么容易，也可以说所有的人都活得非常珍贵。人在众人之中，在各自的生活之中做着他感兴趣的、想要做的事情，成就他的一生，或成功，或失败，或有名，或无名，都各有各的珍贵。人要看到自己的珍贵与别人的珍贵，这是智慧。

关　键

　　不能持续坐得太久，太久了腰会不舒服，还有可能得腰椎病。懂得适当锻炼，调整好自己的情绪，使身心健康自如，这可以为你的写作铺平道路。明白并做到这一点，你离成功就近了一步。闲散的心思和事情不可以多，多了没办法坐下来、静下来写作。写作是件孤独清贫的事。要喜欢上孤独，喜欢上简单生活，明白这一点，你离成功又近了一步。你要保持自己的善与爱的能力，同时又要对自己狠一些，不要给自己的懒惰找理由和借口，明白并做到这一点，你离成功又近了一步。不仅要用功学习，不断地寻求你所需要的知识，更重要的是要会学习，学人之长，补己之短，取长补短，如果你能做到这样，你离成功又近了一步。如果你人到中年后还能拥有激情，保持着一些天真和好奇，那么我要祝贺你，你必然能获得成功。有些人确实有天分，如果你自觉没有天分的话，只能不断地学习、思考、反省、实践，这样有一天你会发现，原来你也会被别人称为天才。你为什么要去获得成功呢？如果你真的明白了，这才是你成功的关键。

感　动

　　你曾经被别人的作品感动过吗？被感动是件幸运而幸福的事，仿佛那位作家的作品有了生命，那作品的生命植入了你的生命，使你纯粹，使你有了力量，使你更加真诚有爱，使你更加坚定幸福。有时你流下感动的泪水，那泪水洗去你内心的、灵魂的尘埃，使你洁净，使你明亮。你可以远远地看着在别处的自己，别处有无数个自己在向你汇聚，而你就是全世界、全人类。你没有差别地在爱着一切人、一切美好的事物，那些不够美好的事物你也能够理解和包容，这种感受是多么好啊。不一定好作品就非得感动人，但感动人的作品往往是好作品。感人的必然是宣扬真善美、战胜了假恶丑的作品。然而我们能否从假恶丑之中发现真善美呢？这是有可能的，这体现出一个作家的审美深度、思想高度、情感浓度。我为自己的作品曾经感动过别人而觉得我的写作有意义。我为自己有意义的写作而快乐，甚至有着一种幸福的感受。在人情淡薄冷漠的人世间，我需要感动别人，也需要别人感动我。感动，使人的生命之树常青。

中　心

　　人生活在物质化的、碎片化的整体中，这个整体有个中心，只是人很难发现这个中心是什么。人在众人之中、在历史长河之中、在宇宙之中，他是怎么存在的，他的中心究竟是什么呢？每个人都是他的时代的中心。他活着，努力着，所有的人都在围着他转动，世界和宇宙也都为他而存在。问题是，他不好意思，不敢承认这一点。他之所以不好意思，不敢承认，是因为他确实不知道，还没有智慧明白自己就是中心。当一个人活着，不仅仅是自己在活着，还能感受到自己在代替所有人活着，代替所有人存在，并以爱、以敬畏之心活着时，他已经处在人类的、宇宙的中心了。

天　堂

　　人之所以怀着希望，是人有潜在的神性，想要达到并有可能到达他向往的地方。事实上人们仿佛只有当下，活在当下，人们只不过有些对过去的回忆、对未来的希望，而神可能存在于过去、现在和未来之中。天堂里有我们想象中的神，神是人类的一种可能性的存在，一种超越人类现有生存经验甚至是想象的存在。现在的人世显然还不是天堂，现在的人们还没有资格进入想象中的天堂。即使有完美的人存在，只要这世上还有一个不完美的人，所有的人都没有资格进入天堂。只能说德行高的人，对别人有益的人——靠近了天堂。人靠近或远离想象中的天堂，其结果在其一生的过程之中仿佛无尽无休。人在他的一生之外，并没有来生。人在他的一生之外，有的是未来的一种可能，那种可能或许正建立在所有后来人的存在之中，是种绵长而诚挚的祝愿。天堂必然是存在的，且已为我们准备好了注定会令我们感到惊喜和意外的一切。我们相信，这总归是没有错。我们相信，在此生已然活得充满了意义。也有人说，天堂就在我们的心中，在我们的一言一行之中。

骗　子

　　我问自己：你是个骗子吗？我认真想了想，还真不好回答自己不是。有时候我说自己在忙，事实上我也可以放下写作，抽出时间和朋友聚会。我的作品中总是提倡真、善、美、爱，可我也有虚伪的时候，有对人态度恶劣的时候，有丑陋的一面，有怨恨别人的时候。每个人都有意无意地骗过别人。有的骗是善意的，是借口，是不得已而为之，是不想让对方伤心难过。如果有个人自称从来没有骗过人，那么他很可能就是一个把自己也骗了的人。人似乎总是在自欺欺人地活着。有人说，你真的相信有上帝，有天堂吗？那完全是骗人的。我说，相信吧，信比不信好。

秘　密

　　人人都有秘密，不能对外人讲。有些秘密只能与少数的几个好友说，你确信他们不会告诉别人。你之所以忍不住告诉你的好友，是因为秘密像糖果一样可以分享，或者是因为秘密像痛苦一样需要分担。任何秘密讲出来都是一段话，等于是要发表。那些从未讲出来的秘密也是一段话，不讲出来是因为怕得到宣扬，对自己和别人不利。有些秘密不适合对任何人说，还可以对山、对海、对一棵树说。有时候不用说，只需要走出去，在看着外面的风景时在脑子里想一想，在心里过一遍，也等于是"说"了。每个人在别人眼里都有些神秘，因为每个人心里都有秘密。每个人都不能完全了解别人，有些人也不见得了解自己。人总想着去了解自己和别人，这是因为他想获得更多的秘密。人知道的秘密越多，仿佛他就更加神秘。秘密是看不见的火焰，在温暖和照耀着我们的灵魂。我莫名地爱着有秘密的人，仿佛那人是我的同类。我保持着对别人的好奇心，有一部分原因是我想发现一个可以分享我的秘密的人，还有一部分是我想要获得更多的秘密，讲给更多的读者，并使他们感到，原来大家都是有秘密的人，都活得非常精彩。

朋　友

　　一个人活到连一个朋友也没有的地步，他的存在该是多么孤独。世界上有那种一个朋友也没有的人吗？我相信会有。那么他应该是一个什么样的人呢？他自私自利到无以复加的地步？他完全不懂得为人处世之道，无法和别人和平共处，总是一意孤行？他是个无恶不作的恶棍？是什么原因导致了他在这个世界上一个朋友也没有呢？他又该怎么看待所有不是他的朋友的人类呢？我有不少朋友，他们或许有这样那样的缺点，但并不妨碍我们成为朋友，因为我的身上也有缺点。我们都不完美，我们可以相互不满，相互说对方的不足，但我们尽量地做到了求同存异。能成为朋友的人总有些共同之处，或者有可以互补的地方。能成为朋友的人一定是命运把他们紧紧联系到一起了。我们说那是缘分，那种缘分值得珍惜。事实上有些曾经是朋友的后来做不成朋友了。这种现象挺普遍，相信很多人都经历过，并为此纠结难过。不必纠结，有些做不成朋友的人不管是由于他自身的变化，还是别人的挑拨离间，你都不必纠结。他们愿意相信小人的话，不相信自己的判断，那是他的错。有些错误你永远没办法纠正。不要轻易交朋友，也不要轻易放弃一个朋友、冷落一个朋友。

骄 傲

一个人在另一些人面前感到骄傲，是自认为有骄傲的资本。事实上那资本又算得了什么呢？即使那些学问和财富都不及他的人能保持着自己的谦逊低调，也远胜过了他。骄傲的人在别人面前表现出他骄傲的一面，如果不是过于世故，便是一种孩子气的表现。骄傲的人如果总想着把别人比下去，那种骄傲便透着无知和浅薄。有些人的骄傲是天生的，是自然而然地流露出来的，他并非有意把别人都比下去，让别人不舒服。这样的人往往会受到吹捧或排挤，那些吹捧或排挤他的人也都是骄傲的，但那些人未必像他一样有着高尚纯粹的情操，有着不愿与别人同流合污的精神洁癖。那种骄傲是应该被理解和包容的。人人都有理由骄傲，要看他面对的是什么样的人。一个人可以活得骄傲一些，但要对别人保持礼貌和尊重。

超　越

　　人总是在和别人比较，尽管我们意识到那种比较并不利于自己的成长和进步，因为那种比较容易使人急于求成，失去自我。人总是想着超越别人，如何超越呢？事实上每个人都是不可被超越的，这正如人是不可以被战胜的。人与人的共存并不是一起参加一场赛事，并不是说你最先到达终点，你举起了最重的重量你就胜利了。超越是暂时的，是一个现象，没有必要看得太重。人最难超越的是自己，自己的想法和意图、自己求知的那颗心。人穷尽他的一生，即使放弃了自己的肉体生命，也不可能超越他的灵魂。因此想要超越自己和别人的想法，多少显得有些盲目。人总想着超越，而不是想着放下。有时候放下反而是一种对自我的超越。放下了，看开了，或许你得到了更多意想不到的东西。例如轻松、愉悦、健康、友情。如果你总是想着超越什么的话，你得到的越多，失去的也就越多。不过，还是会有很多人渴望超越别人和自己，因为种种现实告诉人们，要经历得更多，获得更多的财富、更大的荣誉。人们追求速度和效率，想要去征服全世界，而忘记了自己需要快乐幸福地过好自己的小日子。我反省了自己，因为我也是一个想要超越别人和自己的人。

生　计

　　常常怀念单身的日子，那时一个人不用考虑太多管得太多，因此需要工作时便去找一份工作，有些余钱时便随心所欲放下了还不错的工作，去做些自己喜欢做的事。那时的我为心而活。等结了婚有了孩子，父母亲的年纪也越来越大了，我肩上的担子自然就重了。我得想着为我所爱的人努力工作，获得成功，而不是为自己、为纯粹的写作的理想了。我被生活围困在一个无形的笼子中，失去了曾经的自由生活。我曾为此沮丧、抱怨过。那些限制了我自由的、使我不能随心所欲去照着自己的意愿去活的人，不是我的敌人，不是我的绊脚石，而是我最爱的人，是我人生的意义所在。尽管明白，我还是会难过，会闷闷不乐。因为我的那颗心是真实的、娇气的，那颗心像一只充满了欲望的、自私的小动物，喜欢无拘无束，自由自在。我不能放纵那颗心，我得活得更加有理性。我要考虑一家人的生计问题。为了生计，有些自己不见得喜欢的事情我还是得去做，有些我不太想交际的人还是得保持着良好的关系。我想别人大约也如此。事实上我在这么想的时候，亲人也在这么想，或者他们早就为此努力过了。过去的那个我远远望着现在的我，对我表示了同情并嘲笑了我。有时我望向远处笑一笑，挥一挥手，仿佛是在和过去的那个我告别。

知 足

我想做的事很多。我想得到的太多，有些是精神上的，有些是物质上的，有些是不可缺少的，有些是可以不需要的。我不知足。我的心里和脑子里长了野草，葳蕤丛生，杂乱无章。我想如一棵树那样自然生长，渐渐根深叶茂，成为栋梁之材，又觉得生错了地方，缺少必要的条件。有些条件可以自己创造，有些却难以做到。我认为人的出身、性格、命运等几乎决定了一些人的成就的大小。我相信努力，又相信命运。世界在加速旋转，变化太快，我总是不甘落在后面，默默无闻，而经济上也总是捉襟见肘。我缺少了改善生活、成就自己的智慧，也缺少了改变环境、改变自己的方法和行动。我想放下一些执念，又觉得放下了又能如何？人心无尽，因此才有了这样一句劝慰人的话：知足常乐。我不知足，我不快乐。我反思自己，觉得未来还有很多可能，很多变化。我放下了一些杂念，已经有了一些知足。这么想的时候我的内心已经有了些喜悦，而那种喜悦的感受使我感到人生美好。

评 价

　　我会说某某人好、某某人不怎么好。这是正常的，很多人都会这么说。如果我不再评价别人就好了，可在与人相处的时候难免会说到一些人。说就说吧，也没有什么大不了的。问题是我们对一个人的评价是客观公正的吗？我对一个人的评价肯定带着主观感受与臆想，然而通常我会相信自己的判断。与朋友说及某个共同认识的人时，我们的评价总是相近的。好的人给了我们好的印象，不怎么好的人给我们留下了不太好的印象。我们是否有权利去评价别人？尤其是那种评价有可能会给别人带来负面的影响时，我们的判断有可能是错误的时候。事实上我们评价某个人不好的时候并非对他抱有真正的恶意，只是我们认为他应该得到那样的评价——他在我们的眼里心里就是那样的人。我们的三观在对别人的评价中呈现出来。一个我们认为不怎么样的人，在对别人说及我们时大约我们也好不到哪里去。评价别人时一定不要带有恶意带有自私的目的。如果有人恶意中伤另一个人的话，我们要远离那样的人。

放　松

阅读使人放松，听音乐使人放松，和好朋友聊天使人放松，暂时放下手头的工作去别处走走看看使人放松。喜欢唱歌的人唱上一首歌是放松，喜欢运动的人出出汗是种放松。我喜欢喝点红酒，红酒也使我放松。有时我深吸一口气，轻轻呼出来也是一种放松。写作的时候我全神贯注，写作意味着表达，表达也是一种放松。娱乐活动的必要性就在于可以使人放松，放松使人的内心渐生喜悦之情。想事想得太多使人沉重，因此不想事儿也是一种放松。看到神情放松的人我会觉得顺眼、舒服，仿佛他在代替我轻轻松松地活着，活得自由自在。不要总是低头走路，有时也要抬起头来看天空。蓝天白云让我放松。

显　然

显然，最不现实的人也生活在无处不在的现实之中。显然，虚构的文学作品也来自于对现实的想象与描述。显然，文学作品主要的功能不是改造社会和人们的生活方式，而是使人相信人要过一种有灵魂的生活，使人相信现实和传统之外还应有另一些可能。显然，种种现实使人很难投入地去过灵魂生活。显然，在作家的想象中每个人的前程都令人担忧。显然，作家要穿越叙述的丛林，找到一条属于他的新路，到达他的精神城堡。

时　间

你有效地利用时间了吗？我胡思乱想的时间过多，用于行动的时间少了。你的写作有效吗？并不是那么有效，我对待写作的态度并不是那么认真投入。我认真投入地去写了，但程度还远远不够。那样无效的写作等于浪费了自己和读者的时间。该怎样运用时间使自己的一生更加充实和精彩呢？我想到了一个沙漏，沙漏里的沙子沙沙地往下流，上端的沙子越来越少。我陷入了沉思。

长　篇

我一直谋划着写一部长篇，写千千万万个自己，写得足够长，没完没了的长；足够无趣，像存在的虚无一样无趣；

足够真实，一种平平淡淡的真实。那读者是谁呢？我可以做我那部书的永远的读者。我不期待任何一位读者，任何一位读者都会误读那部长篇。我要不要出版呢？出版的唯一目的不过是证明，它是一部出版了的长篇。

交　流

我不知何时开始拒绝和任何人交流。我使劲儿回想那一天，那一天根本就不存在，不存在于某一天。我一定是活过，而我现在死了。我回忆起和白雪抱在一起，渐渐融化。我回忆起和飞鸟对话，**渐渐没有了声音**。我成为一道风景，不需要再说话。

时　光

你用白发结绳，悬挂自己的头颅于时空之中。你用失去味觉的舌尖，舔着心灵的伤口。你用瘸了的双腿支撑着枯萎的身影。你能感受到时光流走的声音，沙沙的，哗哗的，动听得要命。你不必惋惜，悲叹。

害　怕

　　这个世界上我害怕的有很多，毒蛇、野兽、恶人、小人、欺骗、疾病、衰老、孤独、别人的阴谋诡计、默默无闻、不期而遇的坏消息等等。我所怕的都是有可能给我所不喜欢的，有可能给我带来麻烦或伤害的。那些我所怕的确确实实存在，我无法否认那些我所怕的事物的存在，我无法逃避，很难不在意那些事物。当然我喜欢的也有很多，鲜花、可爱的小动物、好人、真诚、健康、青春、爱情、朋友、别人的赞美、名利双收、好消息等等。我所喜欢和拥有的事实上也会变化，会失去。有时我怕得莫名其妙，想一死了之。我佩服那些勇敢的、能够坦然面对死亡的人。即使那样的一些人，他们也会有自己害怕的人和事。我们会害怕，这使我们有敬畏。有敬畏之心，有利于人活得肃穆而纯正。

道　德

　　己所不欲，勿施于人。谁能做到这句话便可以称之为是有道德的人了。人有时难免对别人不利，犯错误，有些人错了会反省，会改正，这样的人还是讲道德的人。有些人则会理直气壮地犯错，会一错再错，全然不顾别人的感受，这样的人是缺少道德的人。不道德的人自然该被否定和批判，不然没有道德的人会越来越多，天下要大乱了。不过，缺少道德的人有着真实本性，他们才不管天下乱不乱，人心坏不坏。他们主张：人不为己，天诛地灭。这些人对别人缺少责任感。他们之所以还能继续生存和发展，是利用了众人的善意与忍让。还有些人站在道德制高点上俯视一切，打着道德的旗帜反道德，他们反着反着觉得世间只有自己才是正人君子，别人都是有问题的无耻小人。他之所以变成不自知的无耻小人，认为是在以其人之道还治其人之身，和那样的人理论你是理论不清的。有道德的人往往相信：上善若水。他们是谦虚卑微的好人，在意别人的感受，遵从自己和善的内心。这样的人虽然默默无闻，却清贫乐道。他们是大多数人，我为此感到庆幸。

山　坡

山坡是个神秘高度。人在山坡上看着远处的风景，他的存在不高不低，他的心情不喜不悲。那样的状态是好的，那样的他远离了在低处的嘈杂，能够享受一些平静与安然。太高的地方不好，一眼看到太多太美的风景，容易对平凡的自己产生不满。斜坐在山坡上的人可上可下，有种自在自如的感觉。人活着需要感受，需要靠在山坡上想一想人生。

三 观

从作家的作品中可以看出他的世界观、人生观、价值观。从一个人的为人处世、一言一行上，也可以看出他的三观。一个人的三观正不正，别人会有看法。人也可以试着对自己的三观做些评价。我大约是那种积极向上的，与人为善的，相信情义大于金钱、精神重于物质的，希望世界和平，对世界怀着良好祝愿的人——这样说来我的三观还算是正的，但有时我会为自己的三观太正感到没意思。因为我知道，人也有悲观消极冷漠虚伪的时候，也有在种种现实的围困下不得不妥协、低头的时候。世界那么大，纷纷扰扰，熙来攘往，自己会有一种鞭长莫及、软绵无力之感。我时常为此感到矛盾和痛苦，事实上并没有必要为此纠结。我们需要一个好的世界、好的人间，过上一种理想的生活，拥有称心如意的人生，我们朝着这个方向去努力就是了。我说的是些大道理，不痛不痒。

祝　福

祝福你，我熟悉的和陌生的朋友们。这是我内心真实的声音，我也在渴望着你们的祝福。美好的祝福不用花一分钱，仅仅是一个人对另一些人的一片好意。作家和诗人用他们的作品来祝福大家，音乐家与画家也用他们的演奏和绘画来祝福大家。人在积极向上地生活着，他们也用实际行动使自己，使亲人，使这个世界变得更美好，这也是一种祝福。世上的每个人都需要祝福，祝福是人内心有的，也是能够传达给别人的一种无形的、纯粹的、精神上的力量。人人都有那种力量，人人需要那种力量。祝福不值一分钱，不花一分钱，祝福又是无价的，爱也是无价的。祝福是对别人的爱。确实，有一天你会明白，人爱自己最好的方式就是爱别人。

说　教

我有意无意间变成了喜欢说教的人，这令人讨厌，我自己也不太喜欢总是喋喋不休地向读者说教。我通过写作来表明一些观点，希望别人赞同，事实上我不该要求或希望别人如何去生活，去为人处世。每个人都有不同的现实情况与内心世界，我何德何能可以指导别人的人生？可我总是忍不住说教。我想说给读者的话总是很多，可事实上有很多话不必说，别人早就明白了。好在，我是善意地说教，并没有欺骗别人。让人感到安慰的是，这世界上之所以还能有不少好人，大约是缘于有些人坚持喋喋不休地说那些大道理。他们浪费了别人的时间，使人厌烦，但他们的话确实会在别人打算做坏事的时候起到一点点作用。如果你身边有喜欢对别人说教的人，你对他要耐心一些，他是你的贵人、你的福星。

失　去

对于要获得大的成功的作家来说，他不能太把发表太当一回事。发表如同把自己交给读者评判，他怎能忍受读者说自己写得不好、写得一般呢？他唯一要做的是写出想要写的佳作，把作品一改再改，不留遗憾。我早就明白这个道理，可还是急于把刚写好的作品交给编辑，想早些发表，与读者见面，得到一些并不太多的稿费。我本来该是一个相当优秀的、名满天下的作家，可现在不过勉强称得上是一位作家。我失去了一些读者对我的信任，后悔极了，接下来只能竭力弥补。

不　满

在生活的大舞台上每个人都是表演者，我想象着自己罢演了，带着许多疑问走向远处，寻求人生的答案。理由是我不想像别人那样表演，像别人那样生活。后来我还是回来了，像别人那样表演。我对自己不满，开始抱怨生活。我知道那没有什么用处，可还是忍不住牢骚满腹。我明白，我对所有人的不满皆是对自己的不满。我不能假装对自己满意，我总是在想，我该如何让自己对自己满意呢？我通过写作寻求答案时，答案渐渐出现了，尽管人生并没有完美的答案、准确的答案。我也在生活，在表演，我不能否认这一点。我不必为自己不是神仙而不满。

本　质

人的本质是什么？人和一块石头、一棵树、一只鸟有什么不同？人与人有什么不同？人和万物的存在，是谁来命名的？人活过之后他的世界是否依然存在？人的本质也像宇宙那样运转变化吗？人真的掌握了真理吗？人是否可以脱离其本质而存在呢？人为什么要爱上别人？人一思考，上帝就发笑。人不能没有思考。人不会没有疑惑。人不可能永远正确。人现在的世界，也可能是天堂的初级阶段。人可能是神的影子。

命 运

人有意无意间期待自己的命运有好的转变，默默祈求自己和家人平安。高明的算命先生根据生辰八字、面相手相推算人的命运，十有八九会说得人频频点头，心悦诚服。小时候母亲喜欢给我算命，别人说得好的她听着、笑着，别人说得不好的也听着、担心着。我也有些相信命运是上天注定的，但更愿意每个人的命运都不错，通过个人的努力可以结交一些贵人，改变处境，提升能力，选择适合的人生道路，拥有心想事成、幸福快乐的一生。虽说我有些信命，理性却告诉我那完全是瞎扯，是自我暗示，相信命运归根到底是无益而有害，不如相信自己。外界会影响和左右人的命运，但人的命运应该由自己掌握。

自　己

　　我喜欢一个人长时间地待着。阅读，写作，画画，看电影，闲着，待够了才想着出去走走看看，见见朋友，聊聊天，或者参加个什么活动。一个人待着，仿佛全世界都吃进了自己的胃里，需要慢慢消化，变成营养，方便自己沉浸在无穷无尽的创作中。一个人与外界脱离开来，感受到自己呼吸与心跳的声音透着自在和喜悦，如在享受生命的静美与安逸。也有孤独寂寞的时候，但通常也懒得出去，只好默默承受着，那仿佛是为了保全自己的完整，不愿意在走出去后面临被影响、被左右、被改变的危险。孤独的人是渴望保持自我，有所创造的人。人通常喜欢孤独却耐不住寂寞，我越来越看透了自己，我就是那种人。

寂　寞

　　男人孤独，女人寂寞。在感受中，寂寞通常是用来形容女人的，说一个男人寂寞显得有点儿搞笑。说一个女人孤独，也显得把女人当成男人了一般。孤独和寂寞有些不同，正如男人和女人都是人也有些不同。孤独的指向偏重于人的精神，寂寞的指向偏重于人的内心。孤独的是人的思想，渴望认同，寂寞的是人的内心，渴望安慰。孤独的男人也好，寂寞的女人也罢，他们在孤独寂寞的时候都在渴望爱与陪伴。女人比男人更需要陪伴，男人比女人更需要独处。我不太喜欢酒，可有时突然就想喝一点，可能是感到寂寞了。有时我感到自己是一棵孤独的树，枝杈上生长的全是寂寞的叶子，风一来就哗哗啦啦响得我心烦意乱。那不知从何处吹来的风是无聊的，它呼呼地吹着，从这儿到哪儿，总想撩动些什么，改变些什么。寂寞总是不期而至，影响我对孤独的忠诚。

一　种

　　一次聊天时翻译家黄灿然先生说："无论你是什么人，你都是千千万万人中的一种。"我也是千千万万人中的一种，和每个人都不一样，世界上再也找不到一个与我一模一样的人了，这意味着我可以平凡，也可以伟大。我现在拥有什么，或者没有拥有别人所拥有的什么，五十年后再看，一切就都不那么重要了。我的现在平平淡淡，未来充满了可能，而所有可能变成现实后，对于自己来说，又会随着生命的终结而烟消云散。那么我现在活着，是否还要考虑要在这世界上留下些痕迹呢？显然人要尽可能地依心而活，去过自己想过的生活，去成就想要成就的自己。无论如何，你都是千千万万人中的一种。

忠　诚

　　喜欢一个人，便会愿意和他相处，为他付出，别人说他不好时会维护他，他有不好的地方会坦诚指出来，对他保持着作为朋友的忠诚。恋人之间需要忠诚，要求对方不能朝三暮四，见异思迁。朋友之间需要忠诚，要求不能过河拆桥，见利忘义。同事之间需要忠诚，要求不能当面一套，背后一刀。亲人之间需要忠诚，要求不能六亲不认，形同陌路。这些要求理所应当，彼此都该做到。有时做不到也要尽量理解和包容对方，因为人在一些特别的情况下都可能犯错，但如果一个人品质不好的话，等于是他的本质变了，也就不值得你为他保持着自己的忠诚了。人最重要的是要对自己保持忠诚，不能失去自我，随波逐流。忠诚于自己实际上是想保持生命的纯粹感，可以使自己有颗公平公正之心、爱与奉献之心。而这是对别人保持忠诚的基础。人与人相互之间的忠诚，是一种隐隐约约的情感的交换。

交　换

　　做人难，就难在人与人之间存在着种种利益的、物质的、精神的、情感的交换，当交换的天平倾斜时，人的心也就失衡了。我想，一定有我所辜负的人，因为对方给予我的我没能及时回报，甚至再也没有机会了。因为对方喜欢我的，我未必能喜欢得来，喜欢不来也无法勉强自己。人都被人辜负过，也辜负过别人。这样一想，我觉得辜负过我，或者被我辜负过的人都不必在意了。别人在意是别人的修为不够，自己在意是自己的格局太小。为别人付出不求回报，大致是理想主义的说法。斤斤计较于付出与回报，大致是过于现实了。太理想，容易失望。太现实，面目可憎。

可　爱

　　身边有不少可爱的人，我在他们眼里会是可爱的吗？在别人眼里我或许并不那么可爱。我的思想过于守正，情感过于纯粹，经常会冠冕堂皇地说些大道理，会正儿八经地要求别人做个有理想、有追求、有爱心、积极向上的好人，而实际上我也是个有七情六欲、有种种缺点的人，不是圣贤和神仙，我的思想与情感可能也并不像我所说的那样守正，那么纯粹。我等于是《西游记》里的总是在婆婆妈妈说教的唐僧；我等于是妨碍了一些人想要"坏"一点儿，自在一点儿；我等于是不怎么会和别人开玩笑，这相当没趣。真正可爱的人或许也能把我当成调侃的对象吧，这样我在他们眼里是不是也就变得可爱了呢？一样是人，活法千差万别。

礼　貌

　　我和好友探讨对那些不懂事、没有礼貌的人该怎么办？如果不理他们显得我们没礼貌，少教养，如果理会又会让他们产生错觉，认为那样待人接物也没有什么不对。我们最后决定还是不搭理他们，随他们怎么看、怎么想、怎么说。我们在别人的感受中是不是有礼貌的呢？会不会打扰过、冒犯过别人？我们说的话、做的事会不会也让别人不开心了？肯定有过，事实上别人也有过没把我们当回事儿的时候。人年轻的时候可能还不觉得，到了一定的岁数都希望看到年轻人对自己彬彬有礼，尊敬有加。在大都市中人要面对形形色色的人，做许许多多的事，和时代一起加速运转，哪有耐心和好脾气对待那些不懂礼貌的人呢？话虽如此，有时我还是会觉得对不起那些对自己不礼貌的人，因为我怀疑他们不是不想对我有礼貌，而是不懂得怎么办好。懂礼貌，这是人与人之间交往的通行证。那些修养挺不错的人也越来越冷漠，对人也越来越缺少耐心了。这是什么原因呢？

讨　好

　　你讨好过别人吗？你是想从对方那儿得到什么才去讨好的吗？我是有过的，这令我讨厌自己，又觉得很无奈。很明显，你不去讨好，会有人讨好，那么便宜就让那些会讨好的人占了，你就吃亏了。一次两次没关系，一个人一辈子都吃亏，他怎么生存和发展呢？老婆孩子以及朋友都会觉得他没混好，没出息。在这俗世上不求人的人像天才和傻瓜一样少，求人又不懂得讨好怎么能行？更多的人是平常人，我也是平常人。我讨好过别人，但不会太过分。我给别人送过礼，但基本上是出于答谢与敬重。我也被别人讨好过，但我并不愿意看到别人讨好自己时那种不自然的、过于谦卑的、没有自信的、没有自我的样子。就好像我手里有几块骨头，对方特别想得到一根。我有些看不起，也有些可怜那样的人。我也理解，但还不想接受那样的人。那样的人是不会和我成为好朋友的。不过，我发现那些肯放下自尊、不把自己当人的人渐渐地有了财富，有了地位，有了名声，混得风生水起，春风得意。我有理由对人性悲观失望，但毕竟还有些人活得有骨气，有体面，有自尊。尽管他们清贫，没有什么地位，也不太喜欢交际。我敬爱那样一些人。

好　人

即使一个完美的人在某些人眼里也是有问题的。一个十恶不赦的坏蛋大约也会有人说他是个好人。一个人评价另一个人通常是主观的，要想客观公正地评价一个人实在很困难，不过我们大致也有个标准，分得清什么人是好人、什么人不好也说不上坏、什么人是坏人。这个标准在我们的感受中，在看别人的态度上。有的人会认为好人难寻，几乎没有好人。这样的人看不到别人的好，缺少理解和包容别人的心，自己大约也好不到哪里。有的人认为好人还是很多，那些心地善良、与人为善、乐于助人、公平正义、乐观向上的人都算是好人，这样的人也希望自己做个好人，他们会在意别人怎么看自己，会有所为有所不为，大约也算得上是个好人。好人难做，难就难在好人守规矩，不愿意得罪别人。坏人则相反，他们破坏规矩，损害别人，得罪别人他们才能捞到好处。那些说不上好也谈不上坏的人有时会见风使舵，随波逐流，有时还会浑水摸鱼，甚至为了得到好处偶尔也会落井下石，过河拆桥。这样的人挺多，他们正在与时俱进。我从小时候到现在都在想，怎么样才能让好人得到好报呢？

坏 人

有的坏人装成好人，有的坏人赤裸裸的，理直气壮地坏。有时你不知道坏人在哪里，对人怎么个坏法。有人损人利己，那算是自私自利，还谈不上太坏。有些人损人不利己，已是恶性难改，坏到家了。我想，坏人究竟是傻呢，还是聪明呢？我觉得坏人通常是聪明的，但聪明绝对不等同于智慧。有智慧的人不仅有脑子，还有良心。坏人也有心，但他的心坏掉了，甚至是没有了，因此人也就活成了行尸走肉。有没有天生的坏人呢？或许会有，但绝对是极少数。人通常是变坏的，那么是谁让他变坏的呢？虽说一个人变坏主要还是在于自己，但也不能说外界对他没有影响。有时我也想变成一个坏人，在我对人性的自私与冷漠有着莫名失望，对一些无法不面对的人有着难以抑制的厌恶与憎恨时，我想以其人之道还治其人之身，但在我读到上帝被钉在十字架上的故事时，我的眼泪忍不住流了下来。年轻时我对别人眼中不好的人怀有同情心，总试着和他们交朋友，想要改变他们，而现在的我越来越少了那种同情心，也不再愿意和那样的人交朋友了。我变得现实起来，认为人无法从根本上改变别人。我为此对自己也感到失望，幸好还有写作使我不断反省自己，使我对自己和别人怀着爱的希望。

选　择

　　下棋时总是走得很快，急于求胜，结果常常是败了。有一次下棋时我特意慢了下来，每一步都走得很小心，即使想好了也不急于落子，以至于平时下棋很慢的对手也急起来。虽说我的棋技一直不如对手，最后还是胜了。你想要获胜时，十有八九是能获胜的，只要你愿意动脑子分析，做出正确的选择。选择虽说用心，也用脑子，但基本上可以分为偏向于用心和偏向于用脑子这两种。我是偏向于用心的人，容易感情用事，总想依心而活，活得自我一些，这样无形中就活得有些不现实了。偏向于用脑的人通常是非常理性的，他不过分强调自我，甚至会为达成目的而背弃自我，因为他们十分明白，如果不能获得一次又一次的成功，在现实中就成了一个弱者，弱者在强者面前有什么自我可言呢？想到芸芸众生、现实种种，我认为现实主义者有着有效的思想和行为方式，他们往往比我这样的理想主义者更加聪明，更加成功。当然，聪明不见得等同于智慧，有些人的成功放到二十年、三十年后说不定什么都不是了。不要被别人所谓的成功影响，重要的是要依心而活。能够依心而活、活得纯粹的人，像卡夫卡，像梵高，这样的人不多。

自　我

人追求自我，说明自我需要追求才能得到。人在众人之中，他的人生通常是被安排的，未必是他想要的人生。他的工作未必是他喜欢的，他所过的生活未必是他想要的，他回顾自己的过去时会发现：所过的人生并不是他想要的人生。世界那么大，你想去看看。光想是不行的，还要敢于放下来，走出去。走出去不是逃避，而是选择了艰难。当一个人放下世俗名利，追求精神上的纯粹、内心的圆满时，他会发现，坚持自我如同逆水行舟，随波逐流则要容易得多。强调自我的人都是在强调过精神的、有灵魂的生活，这样的人有自己的主见、自己的理想，在众人之中未必是为人所接受的，但确实是可敬的人。自我，人人都有一些，追求自我的人并不太多。追求自我的人在走自己的路，在没有路的地方走出一条路，把一条小路走成了大路。一些著名的艺术家，他们的一生基本上是依心而活、活得自我。他们的成功远胜于在世俗生活中获得成功，因为他们的肉体生命消失后，仍然活在别人的心中，精神生命长存。

心　灵

　　人们说要用心记住，大约不是记在心里，是记在脑子里。人们说要好好想一想，虽说是用脑子想，实际上是心下达了指令。人的心灵开了窍，有了情感和智慧，人类的世界变得丰富多彩起来，也可以说变得复杂起来。人又是渴望简单的，问题是人在复杂的人际关系中、在纷繁多变的现代生活中、在加速发展的时代中，要想做个简单的人这相当不简单。一个人是不是善良，你看到对方的时候会有感觉。有些人你不好意思和他对视，是怕把别人看穿，担心别人不再纯粹的、充满自私的心会不自在。有时我也会逃避别人的目光，觉得自己也不是那么纯粹了，或者别人对自己的真诚或热情难以回报。真正有创造力的人不仅是脑子好使的，还是用心在工作和生活的人，是拥有纯粹心灵的人。

闲　着

　　我虚构过一篇小说，说有个人什么都不想做，就爱蹲在墙根下晒着太阳想事儿。这个人的原型就是我，我骨子里就是个爱想事不愿做事的人。在生活中的我和我骨子里的那个我并不是同一个人。我很过分地在忙着与写作有关的事，经常连周末也不给自己，想让我闲上一天去陪着家人那跟要了命一般。与朋友，主要是文友在一起是另一回事，那样我们可以聊天，那终是对创作有意义的事。也有什么事都做不了，也不想做的时候，甚至连想事都觉得累的时候，那样的我是在闲着。我喝着茶，抽着烟，躺在床上，看着天花板，用手摸着胸口，感受心跳。每过一段时间，就会有那样的时候。那样的时候在闲着，闲得我觉得人生没有什么意义。我还没有学会闲着，让自己多享受些写作之外的乐趣。现在我明白了，闲着如同绘画中的留白，非常有必要。要学会闲着，给自己过满的人生留些空白。

自　在

你和喜欢的人在一起比较自在，和不喜欢的人在一起会不自在。人都喜欢自在，不喜欢不自在。这等于是我在说废话，说废话有时也挺自在。总说些所谓有意义的话，对别人有用的话，别人听了也会不自在。别人不自在的时候自己会自在吗？除非别人装着很自在，但装着和你相处自在的人你也会有感觉，终会觉得不自在。想获得自在，心里得有自在。心里有自在，脸上的表情是自然的，眼睛里的光是柔和的，你的一举一动恰到好处，会令人舒服得如沐春风。每个使自己自在也使别人自在的人都是一股春风，吹得人间百花盛开，鸟语花香。问题是人怎么想才能活得自在呢？每个人的心里都会有自己的答案。有位朋友就说了，想让自己和别人都自在就别装着，也别端着。朋友说得非常在理。

压　力

对于一个写作的人来说，看到身边的人、同年代的人不断发表，有作品被选刊选用，进入年选，被改编成影视作品，获得文学奖项，我祝福他们，无形中会感到有种压力。这种压力来自外界的评价和眼光，也来自对自我的怀疑，难道自己真的不如别人吗？会有不少人有这样的感受。有这样的感受也正常，但不必有这样的比较。作家要对自己有信心。做到这一点可不是想一想就成的事儿，这需要积极生活，广泛而有重点地阅读，坐得了冷板凳，忍受得住寂寞，处理好工作、生活与写作之间的关系，调整好精神状态，要有激情、有耐心、持续地去写。做到这些，任何作家都会获得成就，他的成就反过来会成为别人的压力。压力也是动力，通常人都那么说，事实上写作者不必有压力，那样很容易使他成为一个平庸的作家。我在想，如何活得没有压力呢？答案是，走自己的路，放下比较。

重　来

假如人生可以重来，你愿不愿意呢？看到穿着校服的、脸上洋溢着青春光泽的中学生，我想到的是他们要认真听课做作业，要经历这样那样的考试，有些不喜欢的课也得硬着头皮听，有了喜欢的女生也不敢表白，我是不愿意再回到学校了，回到学校也做不了好学生。看到在马路边等公交车的，或者是挤在地铁里的年轻人时，我想到的是他们要工作赚钱，要恋爱结婚，但要想在城市中买套房子的话这太难了，幸好我早些年趁房价不是太高的时候买了房子，放到现在我不大可能买得起了。看到一些忙忙碌碌的中年人，如今我和他们一样到了上有老下有小的时候，我们不再年轻，精神与体力大不如以前，有时还得戴着面具，应付着各种应酬，强颜欢笑，这样的中年我也只愿经历一次。有时想，如果时光过得再快一些就好了，最好一下子变成白发苍苍的老人。看到一些在公园里闲坐的老人，我想到的却是他们要面对衰老的现实，甚至要承受身体的病痛，想一想心里也弥漫一些悲哀。我不愿意再重新经历一次人生。我想依心而活，活成想要的样子。人生不可能重来，只能通过文学作品不断地回到过去，重新审视自己和世界。

内　敛

　　我不是个特别内敛的人。内敛的人显得很有修养，我认为他们适合做官，做大事，受人欢迎。我也想内敛一些。年轻的时候我是个比较真诚的人，对别人有什么看法和想法，总爱不加掩饰地说出来，这样很容易得罪人，给人留下不好的印象，自然也谈不上有多么好的人际关系。我比较理想主义，平时说的话显得高大上，显得冠冕堂皇，不接地气，这样的我在别人眼里不是内敛的。以前我还有自己不知，或者不愿意承认的虚荣心，把自己挺当一回事儿，别人稍稍对我表示不满，我都想好好跟别人谈一番，以期待改变别人对我的看法，让别人对我多一些理解和尊重。现在想来，简直可笑。这两年我才有了些变化，稍稍变得内敛了一点。我对自己的变化时常感到不满，我活得有些不是自己了。尽管如此，我还是认为内敛一些是好的，这样显得成熟些，朋友也会多些，在城市中生存与发展，相对也就容易些。现在轮到我对不内敛的年轻人感到厌烦了，我觉得他们不懂事，缺少礼貌，不自知，没前途。他们不就是曾经的我吗？

不 适

　　最习惯的是一个人待着。我大部分的时光消耗在工作室里，看书写作，或没边没际地想些事儿。我有过辞职后将近四年的自由写作时间，写了不少，但并没有多少满意的作品。写作收入满足不了生活的开支，后来不得已只好重新回去工作。那是收入不错自己也算喜欢的工作，但最初的两周我的情绪非常低落，因为除了写作和阅读，我不喜欢任何工作。重新出来工作之后我才发现，过去我也不曾喜欢工作。工作只不过是一种生存的需要，一种权宜之计。我前前后后换过不少工作，报社、杂志社、出版社的，除此之外还在作家协会、大学校园工作过。我一直把写作当成我的工作，当成我乐意做的事业，而且我的写作对我提出种种条件，要求我心无旁骛。问题是我没有成为专业作家，能领到一份可以保障我生活、使我能写下去的薪水。我也没能成为畅销书作家，靠写作就可以成为一个小富豪。现在我得克服重新出来工作的不适感，做好本职工作，尽量调整好状态写下去，写到我可以专心写作，再也不需要去做别的。有朋友开玩笑说："我认识很多大老板，要不介绍你和他们认识，让他们养着你写作如何？"我摇摇头说："不想。"

自　由

　　想法的改变，说明了自己的改变。在很多朋友眼里，我是自由的，为了写作可以放弃工作，而不会过多地考虑生活会不会受到影响。我是自由的，我的小说中有不少人物都有我的影子，也是追求爱与自由的。我常会想到裴多菲的那首著名的诗："生命诚可贵，爱情价更高。若为自由故，两者皆可抛。"以前认为那就是人生真理，现在却常想，人为了自由真的可以把生命和爱情都抛弃吗？结论是，那不过是一种理想主义者的宣言，夸张的说法。通常情况下，人为了拥有生活中有必要获得的东西，为了一次吃吃喝喝、胡吹乱说的聚会，都可以放弃自己的自由时间。他被不喜欢却又不想失去的人、有可能相互利用的人、自己并不乐意做的事所绑架。我也曾被现实的一些利益，被一些也可以称之为庸俗的人际关系所绑架，且大有越陷越深之嫌。我曾后悔结婚，结了婚又要了孩子。我清醒地认识到被绑架了，不自由了，我在为了获得什么，想要获得什么而放弃了对文学的执着，而唯有乐于孤独与清贫，才能获得更多的自由，那种自由对于创作有益。都市中的人通常都会这么认为，有了足够多的钱就有了自由。有很多人把事业做大了，有了更多的钱，可也更忙了。只有极少数的人放下事业，去过那种游山玩水的神仙日子。即便是过上那种有钱又有闲的好日子，又有多大的意义呢？在我看来自由的要义在于过着想要创造而有所创造的人生。

胆　量

小时候我的胆子很小，晚上去邻居家听人讲了个鬼故事，吓得不敢回家。硬着头皮回家的路上，有点风吹草动，觉得四处是鬼，身上会起一层鸡皮疙瘩。读小学的时候晚上要去学校上晚自习，知道路边有坟地，经过的时候生怕遇着鬼，走路时脚步不敢放重，可脚步越轻，心里越害怕，因此走着走着，忍不住朝着学校的方向飞跑起来。十一二岁的时候我做了个至今记得非常清楚的噩梦，我梦见一个硕大的光头，像鬼。惊叫一声醒来，出了一身冷汗。父亲大声说着什么，拿着扫帚在房间四处乱打。我爱读书，书上说世上并没有什么鬼，不过是人心里想出来的吓唬自己的。我信了书，但走夜路的时候仍然会害怕。母亲对我不满地说："你胆子那么小，将来有什么出息？"为了锻炼自己的胆量，我曾大着胆子在夜晚一个人去过坟地，在路上对着坟唱《敢问路在何方》《少年壮志不言愁》。我去西藏当兵时，深夜中一个人站岗，已经不怎么怕什么了。人到中年的我，现在不知道还在怕着什么，总还会怕的，这可能已不再是胆量大小的事了。

杀　生

记忆中我从未刻意杀死过什么动物。我本能地拒绝杀死一只鸡、一尾鱼，哪怕是一只令我讨厌的老鼠，或者是一条使我有些害怕的蛇。我有意拍死过许多蚊子，踩死过许多只蟑螂，可也并不认为它们就该死，而是觉得它们不该出现，干扰了我的生活，影响了我的心情。我总以为自己算得上是个心地善良的人，可我也吃肉，并不阻止别人杀生，且乐于享用别人杀生的成果，我的善良是不是也该打个问号呢？我对那些食素的人心生敬意。看到防卫杀人的消息，我也会想，如果自己或家人的生命安全受到威胁，我是不是可以把别人杀死呢？答案是肯定的，可以。我为自己有这样的想法，为吃过的那些动物感到自己是个无法逃脱罪名的人。

圆　滑

说起一些圆滑世故的人，我们嗤之以鼻，面露鄙薄之色。说不定在别人的眼里，我们也被看成那种人。以前我算不上圆滑世故，这么回想过去时会不好意思，因为无论如何我也懂得了些圆滑，无形中也变得世故了。这种变化源于不想吃亏。吃亏人常在，吃亏是福，但人不想总是吃亏。随着年龄的增长、阅历的增加，我渐渐现实起来，也放下了一些自我，学会了赞美别人，学会了为了获得而适当给别人一些好处。我不喜欢那样变化的自己，也没有强大到可以在社会上卓然独立，自给自足。人们通常都是在敬奉着上帝，却在私下里与魔鬼合作。人们追求着真理，却活在荒谬之中。这是人的自知，也是人的不自知。这是人的无奈，也是人的自轻自贱。正直纯粹的人有福了，他们在心中打坐，心里有个天堂。

底　线

你会说起别人的不是、不好，那是你对别人的认识和感受，无可厚非。你会为了自己的一己私心，无端地造别人的谣，说别人的坏话，希望别人不好吗？如果你会，等于是放弃了做人的底线。这样的人是有的，这样的人心怀鬼胎，在利用别人而达到自己不可告人的目的。要远离这样没有做人底线的人。这样的人变成了小人，变成了缺少良知的无耻之徒。他们可不可以用那种没有底线的方式，对待同样没有底线的人？通常，正因为此，有些人会认为自己坏得有理，且不认为自己是小人。

中　庸

有时我也想要变坏点儿，觉得那样活得真实些，快乐些。有时我也在想，得感谢那些基本上对别人有益而无害的好人，他们尽可能克制了自己的七情六欲，为人善良正直，纯粹美好，不做坏事。为了感谢他们，我想使他们变坏一点儿，不然像他们那样平淡的一生有多大意趣呢？我通过写作想使好人变得坏一点儿，坏人变得好一点儿，最好他们能相互理解和包容，这世界才会有向好发展的可能。我想，中庸之道或许才是着眼于未来的王道。在这一点上西方人应向中国人学习。可我越来越感到我们中国人偏离了中庸之道，这一定有理由，理由应是：时代发生了变化，人也要随之变化。可时代总是变来变去，人心随着时代浮动，人还算是有智慧的人吗？

作　家

并不是说我加入了中国作家协会就成了作家，也并不是说发表和出版使我成了作家。而是我创作出的作品使我成了作家。工人的本质是生产出了产品，农民的本质是种出了庄稼，作家的本质应是写出了作品。别人承不承认本来没有什么重要的，可人为什么要外界的承认呢？任何身份都使人失去自然的本性，成就他的同时也在毁掉他。我无法回避我已经是个作家的事实了，这个身份使我感到沉重。为此我开始学习绘画和收藏，但我再也不想被人称为什么"家"了。那不重要。

认　同

认同一个人同时也暴露了你对那个人的态度。有人会害怕，于是不会轻易去认同谁。可人又需要认同感来建立起对他人、对世界的信心。不然你看不到别人的态度，渐渐自己也对这个世界失去了看法。不认同别人的人往往已经变得世故和势利，他们会少受到伤害，却也没有真心朋友，甚至没有真正在活着。向别人说起你的好的人，如果没有功利目的，那样的人可以成为朋友。他们想通过这种方式来证明，他认同你，你们应是朋友，你们也会有更多看不见的朋友。他是一片好意，他甚至是孤独的。很多热爱艺术的人是孤独的，他们的孤独比把追求金钱与物质满盈当成人生目标的人要强烈得多，但他们也更纯粹一些。他们甚至是人类社会人与人之间存在的种种危机的化解者，是人类中纯正的力量。他们的存在虽说看上去不起眼，却是非常重要的。有机会你要请说你好话的人吃顿饭，好好聊一下该怎么样一起拯救人类。相互勉励对方：人不能忘记自己有拯救自己和别人的责任和义务。认同别人，等于认同自己。认同别人，等于是有态度地在生活。

聪 明

你不能不承认世界上存在着大量的聪明人，否则你就是个傻子。聪明人会不断从别人那里得到好处。他比较会来事儿，会来事儿的人占尽先机，会生活得如鱼得水。我真讨厌这种人，可很难改变，甚至有时还会喜欢他们，觉得他们懂事儿，让自己得着了些实惠。那些人似乎有权利送给别人一些东西，有些是无形的东西，他们会使别人有可能或加速成为一个世俗的人，令他与自己的人生准则背道而驰。越来越多的聪明人主导着这个世界上的一切。他们别有居心地利用别人，相互利用，他们认为，不管是朋友还是敌人，不管是好人还是坏蛋，谁送你东西，不管是真心还是假意，他都是在付出，谁否认别人的付出，谁就是个傻瓜。傻瓜们不想成为傻瓜，因为那样的话，他们的日子就会越来越难过，几乎难以生存，更别说有发展前途。世界上一个傻瓜也没有的时候，聪明的人类该是多么无趣啊！

知 音

　　你说什么都有可能是错的，为何还要说？因为你想寻找真正的知音，你知道那样的人对于你来说少之又少，甚至是不存在的。但你偶然、万一得到了呢，你该是多么的欢喜啊！你所找到的人，也会为你的出现而欢欣不已。他们会认为，你说得真好啊，在这个荒谬的人类世界上，即使你说得是错的，你也错得在理儿。在这样的时代，如同在任何时代中一样，知音难求。可是我还是会怀着些希望。我喋喋不休地说话时，已把自己当成知音了。我发现写作的自己是可贵的，我的本意或许并不是为了获得别人的好评，我只是为了证明我爱自己，我想爱上和我灵魂相近的人。过于沉默的人有可能是野心家、自私鬼。是知音的，存在着物质的或情感的等价交换。是知音的，彼此能感受到他们还活在这珍贵的人间就够了。

关 系

　　人与人的关系如在薄冰上滑行，不小心就掉到冰下面去了。人是脆弱的，哪怕是认识很久的朋友，有时因为一件小事也会怀疑别人变了。人的这种不自信是缺少情感和智慧的表现。你不必责备朋友，也不必难为自己。让一切都顺其自然。有时关系的破裂，让彼此不再惯于走路，而是飞起来，悲伤地望着地面上忙碌的人群。你毕竟飞起来了，人们抬头望着你说："瞧，他是我朋友，我们曾经关系挺不错哟！"有制造朋友之间不和的小人，他们是让人变得孤独的功臣。我不知道谁是小人，不想知道。

耐　心

　　你等着对于你来说已死去的某个人回心转意。你像发狂暗恋一个女人那样爱你的写作，但你还是要平静下来，装成若无其事的样子。你要有更多的耐心等待奇迹的出现，只要你有足够的耐心，你会如愿以偿。你要知道，耐心的殿堂中坐着如来。你站在原地，一切都开始围着你运转。世界上所有的力量都在作用于你，考验着你，为的是使你失去耐心，一旦失去了，一切都化为梦幻泡影。对于你来说一生有益的是"耐心"——这位你看不见的良友。

克　制

　　你克制着去与一个人交谈，去参加一次宴会，去邂逅一位美人，去写一篇可有可无的文章。你把自己捆绑在椅子上。你与房间交谈，你咬着空气，你亲吻着镜子与自己相爱，你阅读着自己的作品。克制成就你认识自己，使你免于庸俗。你用漫长的时间，往寂寞的心灵里注入孤独，孤独的魔鬼坐视你的强大，尔后掉头而去。

发　光

　　面对着电脑屏幕总想写点什么。我的感受中时代如此强大，以至于谈任何形而上的东西都显得可笑。我的感受中人群是如此盲目，说什么都显得多余。可我还是想说，更像是在对自己。喜欢文学艺术的人相信——总有微光照亮，但又能真正照亮什么呢？我们确信自己确信的，追求所追求的。我们不必怀疑别人的生活，我们确信很多人过着猪圈里的生活。我们不想那样，试图通过写作来逃离猪圈，回到自我。人从出生到死亡，如走完了一个弯弯曲曲的圆。我行走着，想象着会飞翔，并在想象中飞了起来，如扑火飞虫。不管是活成了猪，还是活成了飞虫，各有各的活法。人只能成为自己，顶多可以活成他想象的样子。会飞，会发光，终是好的。

真　实

意识到无法说出真正的想法时，我无法再把写作进行下去。一个人内心的想法，或许与许多人的想法是相似的，但说出来的却会成为众人反对的证据。于是人有时并不敢说自己真正想说的话，于是人与人之间的话语造成了误解与猜测。很多人无力抗拒现实，背叛了自己。高更、梵高、卡夫卡，这许多未婚的、早逝的大师，他们是属于自己的。他们拥有一种力量，是爱自己的力量，爱中还包含着对美的感受、对生命真实的尊重。他们死后，许多艺术家死后才被人们渐渐认识，同时他们发现了渴望已久的，生命的真实。不是每个人都配得上真实。

接　近

有时我会想起那些离我很远甚至与我无关的石头、树林、河流、村庄，却想不起一个可以想起的人——那样的时候，是孤独的。孤独的时候不忍心睡去，就像那样睡去是在消失，无法醒来。我是留恋这人世的，我想要通过一生去爱更多的事物，去创造些什么，去证明我的存在。有时我又对生有着莫名的厌烦，因为我会感到生命的时空被层层划分、隔开，我成了面包店陈列的点心，一块一块地被莫名的嘴巴吃掉，而不再有我。渴望爱，渴望付出，渴望获得，而爱仿佛总在别处。如何否定精神的虚无，紧紧握住早已握住的现实？我渴望的一切有何意义？一切都是陌生的，终会陌生。有时，我并不需要任何人的理解——因为有时我并不想理解任何一个人——仿佛谁都那么无辜，在被动地生活着。有时我看到自己在不远处张望着我，像是从更远处走来，却无法再靠近。我试图用写作去接近千千万万个我，接近他们——我愿意向远处的我靠近，我与我相互对视，彼此怜悯，彼此原谅，彼此相爱，却又相互轻声责备，显得亲切而真实。

可　悲

除了我的亲人，我也爱着陌生人。我找不到爱陌生人的理由，任何理由仿佛都令人难以信服，因此也不必去说理由。以前我坚定而盲目地认为应该爱别人，那时我比较天真，现在我感受到了自己的有限性，我想，我身边的朋友和我的亲人尚且爱不过来，怎么能轻言可以爱得更多呢？这种认识等于是承认了自己的有限性——而这使我有利于接近自我。自我大于一切，否则一切都失去存在的正当性。无私奉献的人或许存在，但他们因为违背自己的本性而显得令人难以信服，久而久之，他们的心理也会失衡。简单地说，自我可以从自尊、自制以及由衷地尊重他人的过程中得以呈现。我们看到出卖自我的人在现实中获得了更多的好处，但那样的人可悲的是，他们失去了自我。失去了自我，再成功的人生也是一场笑话。

可悲的是我们很多人都羡慕那些成功者，并试图以他们为榜样。他们不值得学习。他们破坏着、混淆着人们对自我的认识，冒充着众人的良心、社会的精英。

在　意

我们想获得更多的自由、更多的爱，但我们在意那些让我们不自由的甚至痛苦的亲人和朋友，因为我们清楚对他们有责任和义务。这样的人，即使他不像某些人那样成功，我们也会尊敬他。可我们身边不分是非、难辨黑白的人比比皆是。他们的错误就在于过分地尊敬了那些本不该尊敬的人，这是他们不能幸福地生活的重要原因。要在意，并尊重那些平凡的好人。

回　报

　　你会不会觉得以前你很喜欢的、你心甘情愿为之付出的人突然有一天变得面目可憎起来？因为你并没有从别人那里得到相应的、你觉得应该得到的别人的喜欢、热情、友好——作为你付出的一些回报。每个人努力的方向不一样，内心世界不一样，生活状态不一样，总有什么东西把人隔开，让人产生距离。那是正常的，但当你倾心为一个人付出的时候你却会觉得不正常。不是别人不正常，是你不正常了，或许也不是你不正常了，是你们的世界不正常了。一切不正常的也都正常。你喜欢一个人，不要对对方有任何期待。你为一个人付出，不要期待你想要的任何回报。能真心喜欢一个人已经很好了，你不需别人为你做什么，更不能期望别人会按照你的想法生活。如果你对别人怀有期待，你最好不要对别人太好，因为别人无以为报。

变　脸

　　朋友之间从来都有着无形的较量，当你感到别人变了的时候，通常是别人比你强大或比你弱小了。你会发现，原来挺好的朋友，突然有一天就不是朋友了。要命的是你还以为对方是朋友，你们应该像以前一样。你想了上千种原因，却无法确定一种导致你们不再是朋友的真正原因。你感到朋友变脸真快，你感到自己天真无辜的小心灵受伤了。在这个荒谬又让人孤独的世界上，每个人都有不可理喻的时候，为什么不能允许别人那样呢？你不想让你的朋友感到你变了，难道为了照顾朋友的感受而按照他的想法去生活吗？如果你无意间得罪了某个人，如果对方也认为得罪了他的话，就由着小气的他好了。缘尽了，你何必去想那么多呢？

友　谊

　　大学时曾经非常要好的同学发来一篇他的小小说，希望我帮他发表，借口是提提建议。我不喜欢那篇小小说，也不能直接说不好，就让他多写几篇到时一起发给我。我希望他的小说能达到我发表的要求。不管他写也好，不写也好，我有我的态度。我和那位同学平时也不怎么联系，但联不联系他都是我生命中非常重要的朋友。那样一位好友，多年前来深圳我也没有开车接他，我给了他地址，让他来找我。我以那种方式待他，不是不重视他、不在乎他，而是没跟他客气。如果我去他所在的城市见他，我也不期待他开车来接我。我觉得我们的友谊好到可以这样做。我还有一位多年的朋友，让我已经非常不喜欢了，可我还是会想着他好的部分，把他当成朋友。他知道我对他好，可还是会对我有不满。我想，由着他好了。哪怕我们有一天相互不再搭理，我还是会把他当成朋友的。我过去的一位同事，因为一件小事我没有帮他，他便不再理我了。我是想把他一直当成朋友的，但他觉得我不配做他的朋友，就由着他好了。我在心里还是把他当成好朋友的，但我也不想主动和他说话了。有些朋友，则真的不再是朋友了。其实我在心里还是把那些不是朋友的朋友当成朋友的，因为他们曾经是朋友，怎么可能轻易把他们忘掉呢？有些人为了在现实中变得更强大，可以活得没有自己的心，我不想活得那样没心没肺，我宁愿变得弱一些。如果珍贵的友谊都不能保持长久，还有什么值得地老天荒？

抒 情

为了避开机械的、刻板的生活，回归自我，人需要抒情。唱歌，或者不言不语，走到大自然中去，看风景。不管是外在的还是内在的抒情，令自己拥有一些纯粹的美好。那纯粹的感受使人意识到生命之外的一些内容。人对精神纯粹的渴求，引发肉体生命的抒情。抒情衔接自我与众生、理想和现实、过去和未来，使人的当下拥有一些和谐与圆满。为了未知的、看不见的一些可能，为了鲜活地活着和到头来的消失，人人都需要抒情。人们渴望与别人相亲相爱，相互安慰，以对抗生命的短暂与孤独。人在众人中要相信自己，在有限中相信无限，在变化中发现永恒。抒情是自我的、艺术的，是人反抗文明的、道德的、理性的、宗教的、人生的一种必要方式。一切艺术都在帮助人们寻找抒情的方式，提供抒情的内容。艺术是人寻求和获得幸福快乐、感性与理性并存的人生的秘籍。忽略了抒情的重要性，等于忽略了生命应有的自如和圆满。

安　静

我安静下来，外部的世界也安静了一些。我看着一只蟑螂在书架上爬，看着它钻到书的缝隙间去。我不想把它找出来，不想让它破坏刚刚获得的一些安静。平静如水的心没有下达任何命令，我一味看着工作室中安静的事物，而窗外阴云密布。过了一会儿，哗哗啦啦下起了雨。雨成线状从天而降，仿佛落在一切地方。事实上，远处尚有天光明亮地透出，证明别处并未落雨。感受中，灰蒙蒙的，湿淋淋的，自然而盲目的世界不需要思考，也不需要情感。我喝了口咖啡，闭上眼睛，想要写作，却又不想。想与不想之间，心已然在动。心一直在动着，时缓时急。跳动的心在爱，在想爱着什么。

那意念时常由淡及浓，渐有而无。事实上总是这样，并没有陌生或熟悉的、可以爱并能够爱的对象。人活在世俗的、有道德感的、需要颜面与自尊的人群中，克制着生命中鲜活的、真实的欲望，保持着对全世界、全人类的友好，处在那种孤寂的渴望爱的感受中，任凭光阴虚度。那种存在的真，透着虚假。那种虚假令我难过。人并不如一棵树那样自然，也不如一条狗那样放纵。日复一日，一生也终会彻底安静下来。而写作取消了一部分现实对我的作用，我也试图令一些读者超越现实，变得更加真实而自我，更加有爱而自由。因为我感受到人类的一切道德、文化、宗教，都令人变得颓废、虚无、绝望，而写作是我的反抗运动，它可以提高我的生命情感，不被有可能是谬误的"真理"打败。蟑螂再次出现，纤细的足带动着沉重的、棕色发亮的躯壳。它在活着肉体的生命，比我轻松，比我安静，仿佛偌大的人类世界与它无关。我不想成为一位蟑螂杀手，因为我爱着它比我更加安静而纯粹的存在。雨，依旧落着，比刚才显得安静了一些。

心　智

　　你会发现身边有很多心智并不健全的人，有时自己也在其中，只是不知道。人最好假设自己的心智还不够成熟，存在着许多缺陷，这有利于他保持谦卑，同情自己，有利于他获得力量和成就。四肢是力量得以实现的工具，真正的力量来自人的心灵。智慧是什么？可以说是人们在寻求的方法。智慧有利于人发现心灵蕴含的强大力量。这种力量人人都有一些，但有人可以恰当地、充分地运用心智来支配世界、改造世界，有的人则连自己的生存问题都解决不了。心，与生俱来；智，用心学来。先天与后天的相互激发，相互补充，相辅相成，使人渐渐获得自我，变得强大。如果你抱怨命运，那是没有心智的表现，你还没有变得足够强大。

天　堂

　　如果你能把欲望转化成为对纯粹自我的追求，你有可能生活在真理之中。那时平静如水的你不再害怕失去什么，也不再执着于种种欲求的满足。那时的你虽然仍用双脚走路，可实际上也在运用精神的翅膀在飞翔了。那样的你更自由，更快乐，更轻松，更幸福。那样的你超越了肉体生命，活得更长久，更有意义。人的灵魂在内部，或者在远处看着人的肉体形象，人的一生是在运用肉身试图到达某个地方，那是真理永存的地方，是灵魂永在的地方。那样的地方便是天堂了。那样的人在有生之年活在了内心的天堂之中了。

宽　容

　　有的人很有立场，他们对待喜欢的人如春天一样温暖，对待不喜欢的人如寒冬一样冷酷。这样有立场的人，却是不宽容的人。不宽容的人谈不上对自己和他人有真正的认识，对他人有真正的爱心，这样的人不值得交往。这样的人总以为自己是对的，是善良的，是勇敢的，是有正义感的，不，他们如果不是愚昧，便是太有心机。他们会充当背信弃义者，会翻脸不认人，他们不可靠，他们的眼里尽是不可靠的人。社会中不宽容的人越多，冒充有爱与有悲悯情怀的人就越多，也就越危险。宽容的人连不宽容的人都在包容，这使他们很难在社会人群中获得成功。他们正确的做法应该是，坚决拒绝和不宽容的人成为朋友，成为合作者。不宽容的人令世界和人心越来越坏。

纯　粹

　　哪怕我们活出一部分生命的纯粹也称得上是珍贵的，而那一部分纯粹需要我们保持着作为人的良知。如果我们能越来越纯粹地活着，我们的生活就会越来越简单，越来越平静，而我们平凡的生命中会产生一股使自己、使世界都变得更好的力量。这种力量使人更正确地做出选择，使人更圆满地生活，使人类世界更能向好发展。我们想象纯粹，触摸纯粹的那个离我们不远也不近的自己。那是我们感动于自己活在人间，还配去爱与被爱的唯一理由。我们诋毁一些人的纯粹，是因为我们想浑水摸鱼，混淆是非。这意味着我们倾向于活成动物，而不是人。人之所以配得上人的称号，是因为人可以活得纯粹一些。

怀　疑

你要尽量保持孤独，这是获得自我的最佳途径。如果你不能保持孤独，你要以自己的良知呈现给别人，而你的自我会在别人那儿呈现，会对别人产生有益的影响。你要学会拒绝一些机会，因为有些机会让你失去自我，落入圈套。你清楚众人纷纷落入魔鬼设下的陷阱，有些人明白那是火坑却还是会跳下去——因为他们无力对抗那种世俗的力量，无法左右已然形成的人生惯性。他们在自己性格的缺陷中看到了无力的自己，只能牺牲的肉体生命，任凭自己的灵魂烟消云散。他们抱怨自己的命运，而不清楚命运的万能钥匙正在自己手中。通常他们没有智慧也懒得去打开。你要怀疑你想要得到的一切，因为那未必是你真正想要得到的，也未必是对你有价值的。对你有价值的通常是你克制后隐约的痛苦感所孕育的种子，那种子终会萌芽，抽叶，成长为能够开花结果的参天大树。

沉　默

我知道沉默是金，是令人变得强大的一种力量，但沉默有时则意味着没有承担起应当承担的责任和义务，意味着我在冷漠地看待世间的一些令我悲观和失望的人和事。我会因为自己长久的沉默而对自己失望。我不能太在意那种众声喧哗，我要想方设法发出声音。但我要说些什么呢？我是否确定自己发出的是真理之声？我通过写在说，在爱，在探索真理，真理就在我不断地言说中呈现，有可能呈现。我沉默的唯一理由是为了更好地去言说，但是对于一个自知的人来说，沉默倒是一种值得称赞的美德。要原谅那些不自知的言说者，如果他们是无心增加了这世界的噪音的话。为我的不能沉默，我也需要读者的原谅。

思　想

　　说一个人有思想是个很高的评价，人若以思想家自居却有面目可憎的一面。原因在于思想者容易使别人受到蛊惑，有意无意间会变成自欺欺人的骗子。一个人的思想发挥了巨大作用，使上千万人、数亿人获得了胜利，改变了命运，那也未必是正确的思想。那样的思想家也未必真正掌握了能造福人类的真理。数千年来人不是活在自己的思想中，而是活在别人的思想中，活在他们的时代、他们的现实的种种困境当中。即使有人意识到什么是好的，也无力改变。所以，就有了一些隐居深山的人。苏格拉底从来没有提出自己的主张，他讽刺一切，他的学生柏拉图批判一切，亚里士多德则否定一切。他们都在强调人的自然属性，追求理性的人再强大也是自然的一部分。他们之后的哲学家，例如到了笛卡尔就——我思故我在了；到了马克思就——唯物主义了；到了尼采就——上帝死了；到了萨特就——别人是自己的地狱了。他们在强调人的物质性、超自然性，把人从自然中抽离出来。这有助于人尊重客观存在，发现自我，意识到个性的重要性，但也容易使人变得盲目，失去自我，使人最终会怀疑自己的存在。事实上，人的存在不能绝对化，要允许有未知的、可能的存在。谁都不是真理在握。在阅读哲学大师的作品时有句古话要记住："尽信书则不如无书。"正像蜗牛带着壳一样，人也在带着思想的包袱缓慢前行。优秀的文学作品则告诉人，人生有多种可能，人不可能永远正确，人也可以犯错误，人用双脚走路，但也有隐形的翅膀。很多时候那些文学家、艺术家才是当之无愧的思想家。

名　字

　　人常常会觉得自己的名字不好，觉得能否获得成功、大富大贵，与名字有关。这种心理暗示确实会影响人。但是人不必在意自己的名字，那仅仅是一个符号。例如莫言这个名字，在全国有数千个。数千个莫言，也只有一个获得了诺贝尔文学奖。徐东这个名，在全国有数千个。写作的估计也有，但他们不是我，我也不是他们，我写的小说，他们看到了也不会认为是他们写的，即便是当成自己写的对别人去说，那也是在骗人。有好几位朋友曾经拍了照片发给我，因为有不少地方有以"徐东"这两个字命名的餐馆，以为是我开的。在武汉市还有一条徐东大街呢，我可以保证，那不是以我的名字命名的。徐东——抒情的、无聊的我曾经轻声呼唤这个名字，那时正如另一个千变万化、无所不在的我在轻唤自己。我的名字，也曾被我所熟悉的朋友，亲人呼唤过，甚至陌生的、从未见过我的人，也曾经和别人谈论过我。当我们谈论一个人的时候，不是谈论他的名字，而是谈论他的存在，他的可能性——以此来对照自己。我追求名，希望徐东这个名字像一些文学大家的名字那样家喻户晓，这样的想法是真实的，但基本上是无意义的。重要的是人都有个名字，想到会有些人记着你、称呼你、谈论你，你的心里莫名地会多一丝安慰。人渴望用一生证明他的存在不虚，他在意的不是自己的名字，而是活过的事实是否有流传下来的价值。

在　意

我们想获得更多的自由和爱，但会在意那些让我们不自由的，甚至令我们痛苦的亲人和朋友，我们清楚自己对他们有责任和义务。人需要活得有情有义，这样的人即使一生不能像某些人那样声名显赫，也应配得上人们的尊敬。不在意很多人和事的人，是聪明人，甚至也称得上是有智慧的人。但智慧就如潘多拉的盒子，令人失去自己。有人说，自己有那么重要吗？有人说，人不都是通过失去自我而获得自我吗？这样说的人，基本上是真正把自己看得重要的人，是真正想方设法不择手段成就自己的人。要么是对自己认识尚浅，无力改变自己的人。从社会现实，从充满欲望的众生的角度去看，他们的说法没有错。再说人都会死，人生短暂，何必在意太多？我几乎就承认了那种现实，因为那样的人比比皆是，那样的现实无处不在。但如果我承认了，我相信了，就等于放下了自我，放下了一些人人都应有的纯粹——否则怎么配得上别人的爱与尊重？否则怎么可以相信自己？否则人类的世界与动物世界还有什么区别？人的一生都在和自己战斗。放弃自我的人有时倒轻松快活了不少，但那未必是他真正想要的。人可以活着肉体的生命，他的灵魂之旅需要些肉体的欢腾使之保持鲜活、力量，但不要忘记自己珍贵的生命因有着灵魂的纯粹而珍贵。在意别人，也是在意自己。在意自己，未必是在意别人。我们的错误在于，过分地尊重了那些不知道在意别人的、自私而强势的人，因为他们获得了现实意义上的、社会意义上的某些成功。这是我们不能幸福地生活的原因之一，也是我们不能获得更大的成就的原因之一。不在意别人的感受的人，像动物一样。

名　言

以前读中学时候我抄写了不少名人名言激励自己，现在我怀疑那些名人名言真会对自己起到有益的作用。我甚至会认为正是那些名人名言使我陷入了空洞的思考，缺少了一些应有的，脚踏实地的实干精神。（那时，十几岁的我想要拯救和改变整个人类。）学习和思考最好是建立在实实在在的生活与实践中，不然有可能会脱离现实。我大约有很长一段时间飘浮在空中，一味地强调着现在看来显得可笑的东西。所幸现实逼迫着我，使我还算是在积极地工作和生活，还算是在用功地阅读和写作。我的运气也相当不错，不然我很有可能一事无成，变成一个孔乙己式的人物。我大约也不该全然否定名人名言对自己产生的潜移默化的作用，那些名人说过的话，确实激励了我，使我的头脑变得简单，使我天真得以有心计为耻。要怪也怪自己，不该把名人名言当成真理，那等同于是迷信。事实上，相信别人，不如相信自己。人何以能够相信自己？最好的方式，大约是怀疑一切。

当　下

你是为了人生而生活，还是为了生活而生活？成功的人往往是为了人生而生活，他们要求并相信自己的一生会有所创造，会对别人产生影响。太多平凡的人多半是为了生活而生活。为了生活而生活的人未必没有深情，没有责任，没有纯粹，不值得敬重，只是他们牺牲了自我，成全了身边的亲近的人。我们也不必苛责为了人生而生活的人，他们有理想有追求，没有太多的时间与精力顾及身边的人，因为他们有着人生目标要奔，有忙不完的自己的事。他们有朝一日取得大的成就，获得了天下名，也能光宗耀祖，让朋友也引以为荣。成名成家、光宗耀祖的想法并不值得提倡，但人人可以

有这样的想法，有也不是人人都能够实现。对于个人来说，
关键要看你想成为什么样的人。我是为人生而生活的人。有
时我坐在电脑前写一天，会坐得腰酸背疼，头昏脑涨，精神
疲惫，心意沉沉——那时我会痛恨自己为什么不能轻松快乐
地享受生活。事实上我也在享受另一种生活，对于自己来说
很重要的精神生活。你看着幸福的人，他的一生可能是幸福
而乏味的一生。你看着不幸的人，他的一生可能是不幸而
丰富的一生。无论如何人要相信自己，相信过去并不是那
么重要，重要的是当下，当下便是你想过而正在过的理想的
生活。

礼　物

　　我所享用的一日三餐是通过劳动换来，但也是"神"赐
予的，这"神"是无形的——别人付出的时间与精力，以及
大自然中动植物呈现出的有机力量。在无信仰的国度，许多
人通常不会想到自己之外还有"神"，还有那要虔诚感恩的、
看不到摸不着的存在。那存在之大，大过每个人，及他与别
人的关系。生活，这笼统的大词所指向的是具体的，它的存
在如同神的怀抱向每个人敞开——你又将怎样迎上去呢？是
自信地微笑着，还是悲伤地痛哭着？是乐观向上地，还是悲
观忧愁地？"生活"会根据你的态度给予你不同的礼物。在

阔大的生活中，人要想认识自己，花费一生的时间也不够，但到了一定阶段，命运已然呈现出每个人的存在，且定好了方向，给出了一部分答案。例如我，写出了一些作品，被称为作家，且会在写作这条路上走下去。写作是选择，作品是成果，我所拥有的，一部分由于个人的努力，一部分是别人、别的存在给予了条件和机会。我要感谢自己，更要感谢给予我礼物的一切。我感谢的方式，是继续积极向上地努力生活和写作。生活给予年轻人的礼物是可观的，他们充满了很多可能，他还没有结婚成家，还没有被生活所累，还拥有更多的时间与自由。一个拖家带口的中年人，上有老下有小，要想再获得更大的发展，只能加倍努力。生活之神眷顾着他，也在给予着他所需要的礼物，但也在无情地取走属于他的、越来越少的时间与精力。对于一个中年人来说，即使进步得慢也不怕，只要能坚持下去就好。因为人的可敬就在于能够不改初衷，持续用功，勇敢面对他所遇到的问题。生活给予人最好的礼物是他那颗日渐成熟的心，是他看不到摸不着却依然美好的灵魂。

投　稿

　　写了文章总归是要投出去才有可能发表，与读者见面。我投了二十多年的稿，现在却有些懒得投，或羞于投稿了。

分析原因，大约是投稿这件事做得时间太长了，有些生厌。投出去便怀着些期待，报刊用自然好，不用且无回音便会在无形中感受到一种外界的冷漠。不投稿便不会有期待，能得到这种平静是好的。作为编辑，我能理解编辑为什么不回复——稿件太多，版面有限，或不知对作者说些什么，又或者怕回复了也麻烦。作为作者，投出去稿子如同他向编者发出衷心问候，别人不理也会伤及自尊。羞于投稿，大约还因为把自己当成名作家了，觉得发表得够多，也有了些成绩，应该不断有编辑向我约稿。确实也有令人尊敬的编辑约稿，每当那时，心里会有一种愉悦的感受，对那编辑也充满了感激。因为我知道，基本上没有哪个刊物缺稿，人家给你约稿，那确实是高看你一眼。当然，大部分编辑还是看稿子是不是适合刊物，是不是有希望被选刊选用，被改编成电影。也有一部分编辑看的是作家的作品是否能打动自己，不会考虑太多。我对投稿这件事越来越消极，是因为对刊物，对读者，对自己，对文学有了消极的心态。不是说写作与发表没有了意义，而是那种意义确实被弱化了——这种现实让我认为，投稿有意无意间便是自讨没趣了。理性告诉我，还是得继续写，继续投一投。因为写作是我的命，君子不与命争。归根到底，投稿是种积极向上的行为，值得肯定。

发　表

　　发表的意义重大。发表即意味着向全人类说了话，在想象中全人类也了解了你的想法，听到了你的心声。这是我以前的想法，现在看来，显然会觉得以前太天真幼稚了。事实上，不该否认曾经的想法，发表确实有种可能——所有识字的人都有可能看到你的文章。问题是，你的文章是否值得所有人关注，被选入教材，成为一种值得研究的文本呢？我怀疑自己，怀疑发表的意义。何以怀疑自己？我是否有资格，有能力代表全人类写作？现在，我更倾向于不写，不发。但我又走在文学路上，正在经历写与发的过程，难以做到写而不发。原因在于，作品需要与读者见面才能称之为作品，发表可以使作者成为作家，激励作家持续写作。当然，如果一个作家一味追求发表，而对自己缺少要求的话，那是很难有出息的。我遇到不少追求发表的作家，他们的作品发表自然没有问题，问题就在于缺少了对写作的真诚与热爱，写作几乎仅仅是为了稿费，为了虚荣，通常我会把本该属于他们的版面让给新作者。事实上，真正把文学当成人生追求的新作者也不多，他们写着写着便不写了。不写，去爱点别的，也好。发表是把双刃剑，作品发出去代表的是作家的脸面，还是少发为妙。

稿　费

　　我的写作，总是为自己的。我总是想着去写心中所想写的，而不会顾及市场和读者。网络文学的兴起使我看到，为自己的写作几乎没有了前途与出路。除非你不断获得各种奖项，作品被改编成影视，也还算是有些值得称道的成绩。要做到这样，也不容易。除了写作才华，不断用功，还要迎合刊物与读者——他们的写作也未必是为着自己，既不是为着自己，大约算是奔着名与利去。这不是说为自己的写作全然不渴望名与利，而是会把名利放在后面，第一个想的是写想要写的，具有创造力、想象力的作品——我一直认为，那样的写作才是真正有意义的写作。事实上我也有可能犯了个错误——我何以明白为自己的写作就是为自己呢？没成名之前自己又算得上是哪根葱，谁会在意呢？说白了，为自己不就是为了去获奖，去成名，去获得更多的稿费，拥有更多的时间与自由吗？等你功成名就，你想怎么写都有人叫好，那不也算是曲线救国吗？很多时候，我几乎被自己说服了。每当那时，我都在希望自己不要学着别人那样聪明，我可以继续傻一些。如果不是因为写作还有稿费补充生活所需，我几乎就要放弃自己的傻了。当然，如果我要想获得更多的稿费，确实可以放弃一些自我的坚持，去迎合读者与市场。我似乎听到很多人对我说：去吧，去迎合吧，别把文学看得太重要了。太多人被时代、被生活给绑架了。现在不少刊物的稿费标准提高了不少，这是一件好事，尽管稿费是对作家付出的劳动的报偿，也是种致命的诱惑。我永远不希望自己为了稿费而写作。

周　末

常是这样，想在周末时写一篇文章，爬一座山，或者离开城市到一个从未去过的，陌生的地方，找回年轻时曾有过的那种自由漂泊的感觉，但一整天下来什么事都没做。没感觉，做什么都没感觉。在房中呆坐着，徘徊着，什么都不想做，甚至开始讨厌想象，只想闲着。闲着也不是本意，那会无形中加深我的焦虑感。我抽着烟，盼着有谁给我打个电话——事实上我推掉了两位朋友的聚会邀请，打心里不想被任何人干扰。我躺在沙发上，闭上眼睛，假设自己死了——我真想一死了之，不管谁最悲痛。好在有的周末是充实而有意义的，我写了文章，或者去了某个风光优美的地方，心情愉快。

错　误

人在自己和他人设置的障碍中，像只困兽。我越来越在情感上喜欢可以犯错误的人，因为我深知理性、道德感，以及那句——己所不欲，勿施于人，使人如在笼中，渐渐失去了自由以及爱的能力。如果创造者拥有犯错误的机会和自由，为什么不去犯错误？人有没有犯错误的权力？事实上人人都在犯下或大或小的错误，人人也都在允许自己犯错误。总是正确的人生，大约是不值得过且没有意思的。大多数人注定了只能过没有多大意思的生活，他们无力承受，也不敢承担犯错误的代价。

变　化

我的爱，以及真诚，给朋友，也给敌人。对于陌生人，从情感上我也愿意付出所有。好在那是以前的我，但现在的我仍然相信，那是无可厚非的意愿。我厌恶为获得金钱而付出时间与精力，而又渴望金钱可以换来的顺心如意的生活。好在那是以前的我，现在的我常想——如果人人都这样心想事成的话，人生中一定还存在着别的苦恼。

爱　着

　　我爱着什么呢？爱着的不是经常所用着的电脑和手机，也不是身在其中的工作和生活。我爱着感受中真实的自己，我的精神与肉体，而我要通过怎么样的路径，才能实现我所爱着的一切呢？亲人与朋友，我固然爱着，那是没有得选择的爱，因为他们也那样爱着我，为我消耗时间精力，为我付出，为我祝福。我不能单方面取消我们之间的爱，尽管那种爱因为无私，对于陌生人而言却又是可以被理解与接受的自私。如果做一个狼心狗肺的人，大约可以放弃那种会让自己感到不自由，感到沉重，感到烦恼的爱。可那样一来则会被谴责与痛恨，自己也难以接受那样的自己。我想我对亲人与朋友的爱是真诚的、由衷的，但对自己的爱却也不容否定。因为爱自己，我爱着世间一切美好的人和事物。这大约也是我写作的理由，我想要通过写作表达那种爱。对亲人与朋友的爱意味着理解和包容他们身上的缺点，有时也要虚伪些才能顺从他们的意愿，合乎他们的节拍，甚至为他们放弃自己。他们需要我那样做吗？既是至亲好友，他们不该希望我好，多为我想一想吗？每个人在现实生活中都爱得那么有限，每个人大约也都爱着些美好的、远处的人和事物，以此自美，并获得一些精神上的自由。人有理由背叛一切，但为了别人又得约束着自己，因为在他看来，那便是为着自己。人不能理解，不能接受所爱着的人，爱着与自己无关的人。爱是自私的、多变的，又是无私的、统一的。很多人喜欢上了孤独，不是因为喜欢孤独，而是喜欢自由与远处的爱，他们知道，那样的自由与爱，正是他们灵魂所真正渴望的。

平　常

　　在每一个醒来后的清晨里，我常常望着升起的红日想，这大约又将是平常的一天。我亦常有写一首诗的冲动，以诗来证明和记录我的存在，灵魂的存在。具体可感的、有意识、有渴望的我，想要与远处的，无处不在的那个不确定的，正在到达、正在形成的，可能存在的我进行一场对话，想要得出一个什么结论。通常，我并没有写诗。即便是写，也并没有写出我真正所期待的诗。在想写之时，那未成之诗如同困兽，已然跃跃欲试，要与我进行一场搏斗。它的存在，要求我调动一切力量，运用语言降服它——事实上一切题材都蕴藏在自我中，我却把自我分散在每一天都要面对的工作、生活琐事之中，渐失自我，变得缺少了想象力与创造力。我愧对每个沉静的夜晚所托起的黎明，愧对需要远方与诗的灵魂。我被动地走进人群，坐到办公桌前，被动地工作和生活着，应对着每个人都会遇到的一些人和事务。日复一日，年复一年，活得平平常常。在众人之中，我感到自己像个机器人，在许多机器人之中。我像很多人那样，似乎是属于我们所处的那个时代，却不属于自己。如果不是自己，是谁让我活得如此平常？

闲　着

有时我用大量的时间闲着，并没去做有任何创造意义的事情。那时我不想工作，不想写作，就连看书也有些懒得看。那时我呆坐着，抽着烟，看着窗外。那时我走到大街或公园里，随意走走看看。那时我躺在床上，有一搭没一搭地想着后来再也想不起来的一些事情。或者昏然睡去，醒来后心意沉沉，依然不想做任何事情。以前我常唱着高中时学会的一首日语歌《由梦至梦》，那首歌的歌词是我所喜欢的——我的心像只气球，很想被谁狠狠拉上一把。幻想流传，连梦也没有。是啊，我似乎是在期待着什么到来，而只有闲着，才有可能以最好的状态来迎接那未知事物的到来。那是非物质的事物，那是诗一样的存在——骤然间植入我的生命，使我重新开始萌芽生长、开花结果。闲着，是因为厌倦并抗拒参与众人的时代生活，是因为自由的灵魂需要独处，是因为强烈的自我意识渴望用创造，使一切朝着好的方向变化。

强 大

我想到了"强大"这个词。二十岁时我曾展示过我强大的一面。五公里越野第一名,为了跑得比别人更快,别人腿上绑沙袋,我绑铁板;投弹第一名,我至今记得自己在别人午休时练习投弹,教练弹的落点过远,砸瘸了一只四眼小狗的腿;射击第三名,五发子弹命中47环,现在我仍能感受到当年如何屏息凝神,镇定自若。单双杠优秀,对应的是双手上的硬茧;战术及队列优秀,对应的是手上被玻璃划破的一条今天仍能看到的伤痕,而当年受伤时的情境仍历历在目。再加上政治考核也是优秀,我的综合评比分最高,获得了比赛的第一名——得到了168块钱的奖金、优秀士兵的称号。那时的我身体健壮,走路生风。那时不服气的士兵前来找我比武,没有一个可以战胜我。我何以想要获得第一名,因为我看不惯有些骄傲的、全连公认最强的一名战士。三十岁时我放弃了在《长篇小说选刊》做编辑的工作来到了深圳,那一年我以短篇《欧珠的远方》获得了第三届新浪博客大赛最佳短篇小说奖。这篇小说从7898篇参赛稿中脱颖而出,获得了一万块的奖金,终评委是李敬泽先生。这笔钱对于当时没有工作的我来说起了大的作用,它为我父亲的腿做了第二次手术,换了进口的钢板。后来这篇小说被收入多个年选版本,有二百多位作家、评论家给予佳评，成为广受好评的我的代表作。四十岁时，我已从收入相当不错的报社辞职了两年，走上了自由写作的路，在《中国作家》《大家》《山花》《山东文学》《清明》《长江文艺》《时代文学》等发表了大量中短篇，有多篇作品被《小说选刊》《小说月报》《微型小说选刊》《中华文学选刊》《长江文艺·好小说》选用，稿费基本上可以支撑生活所需。在辞职后，我的两个孩子也来到了这个世界上，成为我最好的作品，让我感到肩头上沉甸甸的责任。为了孩子我重新选择了去做一份工作。能放得下，能拿得起，这也可以说明我"强大"的一面。然而我对自己仍是不满意的，且觉得自己远不够强大。因为，当我从视频中看到乡下的父亲和母亲时，我会有种想哭的感觉。才六十出头的父亲脸上有了过多的皱纹，胃不大好，还在给一家养牛场做着又脏又累的活。母亲身体也不太好，天天吃药，在乡下过得并不舒心。他们省吃俭用存了不少钱，说我若用，可以拿给我，因为他们知道我的收入并不太多。我有心想让他们到深圳来和我们一起生活，他们不愿来，主要是怕是影响我们的生活。而远在深圳的我总为他们担着心，怕他们的身体不好，而我又离那么远，很难为他们多做些什么。父母在乡下的日子，比起我城市里的日子是落后的，是灰头土脸的，甚至是没有希望的。我是父母的希望，然而我并没有足够的资本把他们接到深圳来和我一起生活。从农村走向城市，在城市中成家立业，一路走来确实不容易。选择了写作这项事业，一路走来也相当的不易。我的时间与精力消耗在没日没夜的，为着生存和发展的奋斗过程中，人渐渐地已不再年轻，身体亦渐渐地不如年轻时候强健，精神状态也一天不如一天。我失去了曾经有过的争强好胜的心，失去了曾经的一些对名利的渴望，更多地喜欢上了一些平常的事物，更愿意过着与世无争的生活。似乎，过了年少轻狂阶段的人不再像以前那样"强大"了，可那也算得上是另一种"强大"吧。在大都市中，在这样的大时代中，每个人都显得那么的微不足道。但对于亲人和朋友来说他又是不可缺少的，是强大到可以牺牲自己，为他人付出所有的。这一切都是因为爱，他爱着所爱的一切。有爱的人，是真正强大的人。

秩 序

你不会看透一个人，他自己也不能够。然而，人总试图去看清楚一个人，看清楚自己。如果他是个艺术家，更要如此，因为他要在现实世界，在人的心中植入他的存在，把自己呈现给他人。他要通过作品，让自己的存在变得有秩序，并假设所有的人都要遵守，那是精神世界的秩序。所有的艺术家都在创造和维护精神的秩序，因为他们明白，那正是现实世界的镜子。一天天变老，一天天消失的人，为没有什么能够留下来感到惶恐不安。许多人看不见自己留下了什么，也不用思考这些问题，但并不意味这个问题不存在，不再困扰他。人倾其一生，留下来的是他所追求和维护的，他所认同的秩序，那也是他对世人的贡献，是他精神的遗产。我们评价一个人时会说，他是个老实人，是个好人。这就是他追求和维护的，他的形象的说明——他会希望别人如他一样。显然，别人不会和他一样。人人都在追求自己想要的、存在的形式和内容，也在创造和形成自己所认可的自己，自己生命中正在或已形成的秩序。

发　现

我发现，要做到不怕老，美容不如阅读，阅读在某种程度上可以使人保持内心的纯洁、精神的纯粹、生命的活力。而创作则几乎使人青春永驻。我发现，在深夜静静听着音乐不肯睡去的人，他也喜欢失眠的感觉，并借此在半透明的、小小的痛苦中亲近自己孤独的灵魂。我发现，有些来自外部的伤害对于自己反而是件好事，是件可以激发自己、完善自己的好事。从这个角度来说，没有必要把伤害自己的人一味当成敌人。我发现，即使生活得不如意，也应该去热爱生活，热爱身边的，尤其是熟悉的人。如果不去爱，而是去抱怨和痛恨，最终伤害的还是自己。我发现，人不可能成为别人，只可能成为自己。许多人活得没有自我，在现实中，没有自我的人可能会获得大成功，但追根究底那是种失败的人生。

我发现，如果遇到一个宽厚善良的人，这是你的福气，而很多人并没有珍惜。我发现，有悖人性的道德文化使人变得虚伪，失去自我。我发现，相信人有灵魂的人比不相信人有灵魂的人更加能够理解和包容别人。我发现，相信爱，追求爱的人有时也会非议爱，伤害爱的人，这是他在现实中不够强大的原因。人们为了生存会出卖自己的灵魂，只有在静夜深处才回味它，感觉它，而有一种失去它的悲伤。

微　光

　　真正的强大不是黑暗，而是微光，即使是穷人的生命中散发出的那种微弱的光也比黑暗强大。那种真切的，也接近虚无的，与永恒背道而驰的强大，是以金钱与权势来衡量的，那算不上是真正的强大，他们永不会胜利，结局只有失败。我想，微光总在照亮着什么，每个人都应该感受到它。微光在改变着一切，只是过程有些漫长，人要有足够的耐心与强大的内心去感受它。善良是生命中散发出的一种朴素的、宁静的，具有自然气息的果实，它的主人会被伤害，但它执着不变，这种可贵的品质散发着微光。内心强大的人拥有信念的微光，胜过在现实中拥有千军万马。要避开那些狂风暴雨，那些会伤害到你，而你又很可能因为不经意间的情绪伤害到别人。要否定并抑制那些狂风暴雨，即使生命中拥有微光的你并不惧怕，也不要迎着它们行走。即使正在照亮一切的你理解它们，也不要赞美它们，它们如同魔鬼，使人胆小且虚伪。微光对你说，要静观一切，默默发出光与热。

激　情

我失去了激情。我越活越理性，越来越怕犯错误，但我又隐约感到，总是正确的人生也极其无趣。尽管如此，我还是很难去犯错误。我感到理性是个白发苍苍的长者，有意无意地，他成了个骗子，在欺骗着我。我感到激情是个青春逼人的朋友，渐渐地我们没有了共同话题，他正在离我而去。在我有激情的时候，我曾经想要一片大海，虽然得不到，却可以身在其中。而现在，我拥有的只不过是个小池塘，虽然得到了，却觉得没意思。我失去了激情，而且有时我也有意无意地成了骗子，对别人说，这是错的，那是不应该的。看到年轻人发言时有些狂傲，我竟也笑他们不知天高地厚了。有的人活到六七十岁，仍然激情满怀，他们的激情是从哪里来的呢？

勇　气

前不久，有个姓张的作家去世了。我和他见过两面，并不是太熟悉。但一个同行的离去，还是让我有些伤感。我想，他自有他的一些亲朋和好友，为他料理后事。然而，他终是离开了亲朋与好友，进入了另一个世界——他活过，却不再继续了。谁都无法让生命在消失后继续。不管他留下了多少著作。不管他有几个子女。因为，生命的归生命，灵魂的归灵魂。总的来说，人的微小就在于，他要在有生之年生活得好一些，为了亲人、朋友，也为了自己，哪怕是一些陌生人。继续活着的人们，仍然只能说活着的话，做活着的事，而不是像逝者那样以永远的沉默在无声地说着，以永远的不再运动的形式或属性而存在着。我们看得开，看得透一些人事，又能如何？我们的命运似乎早就注定了，只能活着自己。不，也有另一种可能——那便是朝着自己想的、好的人生方向走去，而不再顾虑太多眼下的，逃脱不掉的人和事。一般的人，没有那样的勇气。

表　现

如果说写作与发表是一种自我表现，我算得上是爱表现的人。我不像我想象的那样可以长久沉默下来，不为人知，或让外界感到我有一些神秘感。爱表现自己的人通常会让真正有学识和修养的人讨厌，但我还是不愿意为了那样一些人的看法而控制自己。事实上，我已经控制自己了，只是永远都做不到那些人所期待的样子。事实上，那些人不会期待谁怎样，他们只不过是认为，人尽量地少表现自己是好的——省得让人认为你肤浅，认为你不成熟，认为你缺教养。再说了，你又有什么值得表现和显摆的呢？那些人有他们为人处世的准则，我从来都认为，他们那样想，那样做是对的，他们往往才是能成就大事儿的人。无数事实证明了，装着点有利于一个人的发展，而总是爱表现的人很难成什么气候。爱表现是种病，我得了这种病，不知什么时候好。

改　变

我渴望改变。例如变成物质主义者，去追求现实中看

得见摸得着、人人都在渴望的东西；例如不讲手段地谋求
自己的发展，特别功利化地写作，名利双收；例如，性子
急的我想慢下来，变得从容不迫；例如不再在意本可以不
在意的人和事，变得更强大些；例如让变得更沉默的自己显
得成熟些。我还是有了变化，却并未从根本上发生变化。有
谁从根本上发生了变化吗？我想，一个人有了大的变化，他
便超越了自我，获得了某方面的成功。对成功者外人多有羡
慕，但成功也需要付出代价，有的人用身体的健康换得了成
功，有的人则用灵魂的畸形换得了成功，渴望成功的你愿
意吗？人总归要发生一些改变的，但不忘初心应是做人的
根本。

写　作

　　卡夫卡当年为什么要写小说？他应该是一个不太想出名
的人。契诃夫写小说可以理解，他要赚稿费，用稿费可以生
活得不错。鲁迅又为什么写小说呢？他把中国人写得那样愚
昧、落后，是何居心？沈从文与汪曾祺呢？老舍与巴金呢？
莫言与贾平凹呢？我们为什么到了今天还要写小说，而不是
去做点别的？回顾过去，几乎并没有什么值得夸耀的作品。
谁有呢？有的人会有。自己写得差吗？差在什么地方呢？我
不过是更随便一些罢了，我几乎是没有动脑子在写，而是用

心在写罢了。可这是一个需要动脑子才能获得名利的时代啊——如此说来，所有的好小说都是相对的好而已，所有的好小说在读者看来都比不过一场风花雪月的爱情，比不过一场床第之欢。所有的政客与商人，以及平民百姓，没有几个真正能在意小说家以及他的作品，他们表现得在意，也不过是附庸风雅而已——他们通常会装成在意的样子。面对人类世界，你要说什么？事实上，写作真正是在为自己而写，读者并不重要，从来都不重要，一点儿都不重要。作家通过写作来完成自己的一生，那仅仅是一种呈现自己的方式。别人看不看他的小说真不重要，怎么评论更不重要。作家有时在意，那是因为他在众人之中，有时难免会被人提及而已。我可以彻底不再写小说吗？不能，除非我写出了满意的，能证明自我存在的极大的优越感的小说；不能，除非我不在意他人与自己无法分割的关系；不能，除非我可以用别的办法来证明自己具有创造力，可以活得风生水起，或者，可以安享孤独。没有几个我喜欢的作家，所有的作家都充满了局限性，他们只不过是假装高明。事实上我了解了他们写得不容易，这一点倒是令人敬重。但他们也未必比一个工厂流水线上的工人，比一个劳作的农民更不容易。他们是娇气而又充满了骄气的文化人。我不是也像他们那样吗？我希望成为什么样的小说家呢？真的，没有参照。我有无法成为小说家的危险，因为这使人各方面都弱化的时代。强化自己存在的唯一办法是选择与时代保持距离。可是有人说，只有迎上去，深入其中，你才有东西可写。我半信半疑。我充满了矛盾。我有另一种可能——我还说不出，或者不是时候，或者需要通过写作去说。人心真是古老而新潮，千变万化。而不变的是什么呢？我要寻求不变的东西，只有那样的才具有永恒的属性。不变的是当下，当下是人唯一的可能——如何呈现当下呢？过去所有的经历、感受，以及关于未来的想象、期待，都指向当下。当下在个人与众人的整体存在中，是时空中的谜。当下，是神的呼吸与眼神。当下，是一切可能。而小说家，从若干个方向走向当下这面镜子——通常也就是照一照镜子中的自己，便以为有了发现。我们不可能再有新的发现，只能为新的发现提供参照。谁想写得好必然孤独，谁想成名必然要不计名利——我已经为此厌倦而痛苦了，事实上大可不必。运动以及许多活动都比写作要快乐，写作者的快乐难得却持久。

台 风

从楼上看出去，楼下是树，那么多细小的叶子挤在一起多得数不清。我想，叶子们必然是寂寞的，钢筋和水泥筑成的楼也是寂寞的，住在楼上和走在外面的人同样是寂寞的。囿于生活的人没有远方，远方也是寂寞的。时光里，天地间的一切都是寂寞的。只有偶尔到来的台风是欢乐的，它肆虐地吹着，不管不顾地吹着每一片叶子的寂寞，让它们发出声音，让天空不停地落雨，淋湿了整个城市，也让人的内心有了新鲜的感觉，变化的感受。我喜欢那台风一样的事物，可以淋漓尽致地存在，让寂寞的感受暂时消失。

泥　坑

人们既没有理解他身边的好人，更没有理解他所遇到的坏人，而对他人缺少理解与包容，便是一种罪过。只是，人不以为那是一种罪过。人通常连自己都理解不了，且也无意去认识自己，只不过是一味地活在泥坑里。多数的人并没有那么强大，亦没有真正的智慧与能力可以解决一些现实问题，他们没有办法活得体面，甚至也没有勇气纯粹地去死，只能妥协让步，随波逐流，甚至曲意逢迎。对于大多数人来说，命运左右着他，而非他把握着命运。

人们往往选择了有条件的爱，谁都以为自己是泥坑里的钻石——事实上并不是，他早已是泥坑的一部分。只有人在想要莫名痛哭一场时，他才触摸到自己过去的一些纯粹。人往往不知道是什么力量把自己推进泥坑里了。

梦　境

　　梦境是心还是大脑的活动？我想，梦境应是"内眼"看到的景象。"内眼"是灵魂之眸，凡会做梦的人皆是有灵魂之眸的人，是有灵性的人。我做过许许多多的梦。梦中有熟悉的，亲近的人，也有不是那么熟悉，不是那么亲近，甚至是讨厌的人，然而他们竟然也能出现在我的梦中。还有一些全然是陌生的人，醒来后我根本想不起曾在什么地方见过。我还梦见过许多稀奇古怪的场景。写小说之后，想象中的场景在梦中得到完善，那是基于现实世界的想象，又是现实世界的抽象、变形的呈现——它们的存在可以用情感穿越，用思想指引，用语言表达。我的梦有时是连续的，像放电影一样。有的则是片断，像一首诗自行朗诵，而听者是我及我之外的一切有心有耳之存在。有些梦，我联想不到梦与我的生活，我与世界和他人的关系，有些梦则会使我产生一些丰富的联想。很多梦，做过便忘却了。只有少数的梦能记得，且很可能不会忘记。我十来岁时做过一个可怕的梦。那次我梦到一个硕大的光头，它填满了我的梦境空间，使我无处可逃。我惊出了一身虚汗，哭叫着醒来。父亲听到后起身，拿着一个扫帚在房中乱打了一通，安慰我说，不要怕，没事了。而昨天晚上，我听到女儿在梦中说话，她就要上幼儿园了，她在梦中说，我叫徐以诺，今年三岁……哦，我看着她，然后闭上眼睛，心里充满了感慨。我想，她的人生刚刚开始，而我要为她的将来好好活着，好好努力……我的奶奶及我的姥姥走时，我都曾有梦。奶奶走的时候，我梦见自己的牙掉了；姥姥走的时候，我梦见牙变黑了，一抹成了两个黑洞。爷爷走的时候，我在杭州，却忘记了自己曾做过什么梦。但后来有十来年，我都会梦到爷爷，他老人家说，房子漏雨了，或者说，想吃包子了——我便打电话给父亲母亲，让他们抽空为爷爷奶奶烧些纸钱。我还经常梦到飞翔，各种各样的飞的姿势，经历各种各样的困境，但最终都是飞越了困境，醒来后便也松了一口气。而让我感到不解的是，每一次我梦见粪便之类的秽物，第二天通常便能收到稿费单，或者发了工资，几乎每一次都这样。看来钱财真乃身外之物，是不干净的东西。有人说，至人无梦，看来我不是，我是个境界不那么高的人。不过，因着那些梦，梦中的人和事，我便确信这世界是个整体，而所有的人都有着可爱的灵魂——在它们安静时，自我时，便与大家是一样的美好。梦，也在试图弥合这分崩离析的世道人心，或许是这样！

差　别

人与人之间是有差别的，从性别上，长相上，家庭背景上，受教育程度上，社会地位上，占有的物质多寡上，个人修养上，精神境界上……朋友之间，哪怕是挺要好的朋友也不希望对方的身份地位突然比自己高，或高出许多，把自己给比下去。有这样的心理的人很多，可以说人普遍有这种心理，这是因为人们从情感上不愿意承认人与人之间有差别。个头高大的人明里暗里地会在个头矮小且爱妒忌的人面前吃亏，即使他在个头矮小的人面前时不时提起一些个头矮的伟大人物，向他们表明个头高并不代表着智商高，能力强，也不见得会令他们沾沾自喜，从而忘记了妒忌他，损害他。这是因为他们不愿意承认别人天生比他们好。有种纯粹的人，他看真的与假的，善的与恶的，美的与丑的，都是真善美的。不是他全然没有是非心，而是他给予一切假丑恶以真善美的底色，希望一切都向好发展。尤其在成年人中，这种人不多。这种人在众人之中承认人确实有差别，却不该有差别心。这种人对国王和乞丐一视同仁，显得有点天真，幼稚得冒泡。对于每个人来说，不管他是大人物还是小人物，将来都有一死，本质上没有谁的死重于泰山，更不该视谁的死轻于鸿毛。如果你认为人的生死有别，那是你对生命缺少认识与尊重，你也未必就真正尊重了自己。一个作家的野心大约是让人认识人与人之间的差别，却要取消人与人之间的差别心。

石　头

　　我喜欢石头。去一个地方旅游，看到有些模样的石头，我会拣回几块放在书架上，书桌上。看着那石头，我有时会想起某个地方，某个人，而石头便如同一个证明，一件信物。看过黑塞的一个短篇《内与外》，讲的是人与物的关系：因在其外，必在其内。因在其内，必在其外。当某件物与人发生联系，人与物是难以分割开来的。作为物体的人的肉体，与人的精神也是难以分割开来的。一块石头有无数个面，你从不同的角度去看会看出不同的效果。人也一样，你在不同的时间、地点，以不同的角度、眼光、心情去看，看到的会不一样。但人往往轻易相信了自己的判断，因为他需要一个粗浅的结论，来为某个人定位，以纳入自己存在的意识之中，确立自己相对于他人的存在。这说明人的存在如同一场场的谬误组成的——有可能正确的结果。人在他的一生中一错再错，如西西弗斯反复推着巨石上山——那巨石如同一个隐喻，承载着一切试图超越的生命本身所具有的重量，超越几乎是不可能的，但在"不可能"中也具有时间和空间，有意愿与行动，让人在经历中存在，在存在中证明自己确实存在不虚。人类活在彼此的记忆与感受中，在彼此的记忆与感受中获得存在感。人还通过赋予石头以思想和情感来充实自己的精神世界，不管是从石头里跳出来的孙悟空，还是贾宝玉的灵通宝玉，都已成为我们情感与精神中的内容。人所爱的一切，也都在填充着人对爱的渴望与需要。石头对于我来说，哪怕是一块普普通通的石头，也是我所爱的一个基点，一个象征，一个符号。在我的短篇《欧珠的远方》中，欧珠的手里老是拿着一块石头，他不时地抛起来，最终他带着那块有重量的石头去了远方。远方并非一无所有，远方有无数奇形怪状的石头，或如石头一样的东西。石头的存在相对于人来说是种纯粹的存在，它没有欲望，而人有，不过人的世界需要一些石头的品质：无欲与沉默。

忧　伤

　　人对生活境遇不满意，便会生出忧伤来。有什么不满意的呢？例如忙活了一天，很疲惫地回到家里时，又要照顾不懂事的孩子。孩子尚小，虽说会一天天长大，但过程也是想象得到的漫长。在这漫长的过程中，得为孩子付出时间精力，而无法做想要做的事情。父亲和母亲当年也是这样过来的，如今轮到了自己，这是自己应尽的责任和义务，照说也没有什么好抱怨的——但假设自己没结婚，没要孩子呢？虽说那样也会有缺憾，然而终究是少了压力，多了自由。我想西方发达国家的一些人不结婚，不要孩子，有人口负增长的情况——那未必是不好的，世界上为什么一定要有那么多的人呢？如果将来世界上没有了人类，那又有什么关系呢？一部长篇小说要修改，一个中篇也要修改。都是要发表的，而且编辑限了时间，但我却没有时间与精力去修改。也缺少好状态，因为做编辑整天与文字打交道，对文字几乎产生了厌倦感，如果说工作必须做的话，自己的作品却可以放下来。放下来，便是产生忧伤的理由。我幻想自己精力充沛，无比强大，可以把想做事的做得又快又好，但要做的事情给自己的身体和精神提出苛刻的条件，满足不了那条件，我也会生出忧伤来。写，成了一种习惯。写不了长的，也要写些短的。有时我也怀疑写作的意义，觉得写作缺少了自以为有的意义——世上已经有了那么多人们看都看不过来的文章，自己何必再写？这么一想，也令我忧伤。有时我看着夜空想，人的一生究竟在追求什么呢？真是一个令人忧伤的问题。还好的是，有诸多必须要完成的事情催促着自己，让自己在做事的过程中忘记了忧伤。那样的状态大约是好的，在做事的时候，人忘记了自己。忧伤是不断落向心灵的雨滴，使人意识到自己活着，思考该怎么去活。不过，忧伤的情绪不会给出答案，答案往往会在积极的行动中呈现。不必过于忧伤，不必去假设人生如何，因为人生无法重来。

瓶 颈

　　有了家庭，有了孩子，有了以前所没有的责任和义务，便不再像单身时那样从思想到情感上，从身体到精神上都是自由的了。肩膀上有了沉重的担子，担子越来越重，压得你身心俱疲，让你走起路来摇摇摆摆，踉踉跄跄，相当狼狈。那种疲于奔命，负重前行的状态令你怀疑人生。你已经步入中年，不再像年轻时那样精力充沛，充满幻想，可以天马行空，放达不羁地去写作，去生活了。这令你羡慕那些家庭背景好的，生活优越的，单身的，或者是结婚也不要孩子的同行了，你为什么要去选择结婚要孩子呢？你有些后悔，但世上没有后悔药吃。你有可能沉寂下来，再也写不了，也发不了东西。你不甘心如此，却有这样的担心。你寻求突破瓶颈的办法，但发现自己已经渐渐失去了写作动力。你对名利虽仍有渴望，却淡了许多。多年来的写作并不曾让你富有，也不曾让你大红大紫，与付出的时间和精力相比，所获得的名与利实在算不了什么。你对写作有了情绪，想对抗写作：不写了，去做点别的。但继续写下去又如同多年来形成的习惯，丢不掉，改不了。一位修鞋匠熟悉了修鞋子，那是他的工作，你让他去修手表，他是修不了的。只能写作，写作是你多年来一直在做的事，做别的你不乐意，也做不好。有一句话说：

心有多大，世界就有多大。你认同这句话，但你我的心还像以前那样大吗？你还会像以前那样认为一切皆有可能吗？你的心变小了，认识到自己的局限性，渐渐地也不敢对自己抱有太高的期望了。还有一句话叫：心比天高，命比纸薄。你也相信人是有命的，命与人的基因、性格、成长环境、个人一次次的选择有关——对于每个人来说，天上都不会掉馅饼，一夜成名，名满天下；一夜暴富，富可敌国。你感受到时代的强大，城市的强大，现实的强大，自己的微不足道，于是也开始怀疑自己的能力，抱怨生活中所要面对的繁难琐碎的事过多，分散了你的时间与精力，影响了你内心的简单与安静。你也清楚，抱怨无益，但勉强前行的过程中总不能称心如意，因此还是会忍不住消极抱怨。很多人写着写着就不写了，不是不想写了，而是看透了自己，认为在写作上没有前途了，实实在在写不好，写不出来了。你想，不写也是好的，何必一定要写呢？只是自己也会像他们那样吗？你的答案是肯定的：不会。你还会继续写，而且完全有机会，有能力去突破写作上的，生活上的瓶颈。这样的自信来自于你对文学由来已久的，发自内心的热爱，这种爱胜过对一切的热爱，因为写作使你感到人生有意义，有你想要的意义。一个人有多大的能量，能做多大的事，不用多想。一位作家，只要他能积极地生活，不断调整自己，不断学习，不断写下去，瓶颈几乎是不存在的。之所以感觉到瓶颈的存在，是因为他渴望取得更大的成就，那种渴望无可厚非，却多少有些无聊和虚妄。因为一个人再成功，在每天照常升起的太阳面前，他也不过是平平常常的一个人。你这样想的时候，似乎得到了安慰。你认为自己是有光和热的，有多少光和热就发多少光热便是了。

引　用

古人作诗好用典，现在很多人写文章也经常会引用别人说过的话、做过的诗。引用得恰到好处，会让自己的文章丰富好看。高中时的语文老师说过一句话，当然也不是他原创的话，他说，天下文章一大抄，看你抄得高不高。我当时很反对他那样说，觉得那样说不对，这不是鼓励大家都去抄袭吗？老师的本意当然不是鼓励大家去抄，而是希望大家借鉴学习，那样大家的作文水平才能提高得快。后来我想，那确实是种有效的学习方法。我怪自己太笨，明白得太晚。只是我现在仍然不太愿意那样去做，这使我认为自己在写作上很难有出息。原因很简单，我没有走写作的捷径，进步会相当慢，写出的文章也很难显示出水平，很难引起别人的注意。有人通过讲《诗经》出名了，出书发行量也很大，讲一堂课的费用很高，赚了大钱。有人通过改写名著出了书，赚了大钱。他们少不了要"引用"，少不了要借别人的瓶子装自己的酒。他们很畅销，也有了名，有了利。他们受人追捧，被当成文化名人。不管别人怎么样，我总有些看不上那些人，因为他们过多地"引用"了别人的东西，因为他们有投机取巧之嫌，因为他们或多或少地有意无意地欺骗了别人。有意无意间成了骗子的，自欺欺人者太多了，他们并不以为骗了人，或者被别人骗了。引用和抄袭是有区别的，我并不是反对引用，是不喜欢过多地引用别人说过的话，而没有多少自己的东西，那样与抄袭也没有太大区别了。

办　法

有的人写得好是该学习，但别人写得好，自己写同样一个题材却未必能写得比别人好，因为别人有的生活你不一定有，别人有的体验你不一定有。你可以选择熟悉的生活，写熟悉的，拿手的。合理的选择考验着人的思想能力，思想能力的高低会让不同的人有不同的选择。有人可能告诉你写作的诀窍，你听了可能会感叹，听君一席话，胜读十年书，可那听起来高明的话未必对自己有用。最有用的，最适合自己的办法通常都来自于自己长期的写作实践，来自于自己的心得感悟。对于写作来说，写好的办法有很多，最重要的应该是通过投入地生活，不断地阅读和写作来认清自己与写作的关系。搞不清与写作的真正关系当然也可以写，但那样的写作基本上是盲目的，不过是写出了作品，发表了，谈不上写得有多么好，或者说有效，有持续性。看一位好作家的某一篇作品，你未必觉得多么好，但看得多一些就会发现他的写作是成体系的，是有效的，是有持续性的——他如同正在生长的一棵树，会越来越高大。这样的作家该是清楚了自己与写作关系的人，是对写出好作品有办法的人。好作家要通过写作来不断认识自己，向读者呈现他的存在、他与别人的存在。存在需要被说出，被呈现，这是人类文化生活、精神生活的重要组成部分，这有利于人接近真理。有效的办法有助于人接近真理。

启　示

诗人普希金被果戈理称为俄罗斯精神的一个特殊现象，而陀思妥耶夫斯基补充说，是一种带启示性的现象。这种启示有方向性，如同指路的明灯照亮黑暗的道路。虽然我们现在看普希金的诗可能会感到从形式到内容都离我们远了，没有什么看头了，但他具有世界性，曾经影响了很多人。有独特文本的作家能给人带来启示。拥有独特文本的作家，必然也会有独特之处。他从小生活的环境、经历的人和事、阅读吸收的知识都会影响到他，让他成为一个独特的人。这并不是说他一定是卓然独立的，是天才，而是他有了一颗特别的心，特别的头脑使他与众不同。他可能也有个模仿学习的过程，虽说模仿永远不可能产生独特的痛苦感受和深刻的自我意识，不过模仿却给他提供了一个敞开自己、呈现自己的机会，让他清楚文学应告诉人们，人类精神的力量永远是健康向上的，而且不会被彻底损害，人也应该相信人类的精神世界在不断完善，这种信念决不能动摇。海明威在《老人与海》中就证明了这种信念："一个人并不是生来就要给打败的，你尽可以消灭它，但就是打不败它！"尤瑟纳尔在《王佛脱险记》中也证明了这种信念：被处死的王佛的弟子林在王佛的画中出现，并与王佛脱离了险境。对于作家来说，拥有独特的文本也意味着拥有了真正的创作，真正的创作即意味着他能够说自己独到的，别人说不出来的，尚未说过的话，给别人带来思想上的启示。写作的人，或热爱阅读的人更容易相信，人生充满了可能。

外 壳

相对于人内心和人的精神世界来说，人都有一个外壳，也需要一个外壳。契诃夫在《套中人》中塑造了别里科夫这个令人难忘的形象，他想把一切都装在套子里，不受外界影响。他逃避现实，最终因为害怕和一个女人结婚而纠结致死——"他躺在棺木里，面容温和、愉快，甚至有几分喜色，仿佛很高兴他终于被装进套子，从此再也不必出来了。是的，他实现了他的理想！"对于别里科夫来说，他需要一外壳。

卡夫卡在《变形记》中给了格里高尔一个外壳，让他变成了甲虫。他不能再去工作，对家庭也没有了贡献，亲人便开始嫌弃他、憎恶他，最后他只能在孤独与痛苦中默然死去。一句话，特别的、与众不同的，在现实人群中很能保全自己。鲁迅在《阿 Q 正传》中也入木三分地塑造了阿 Q 这位总是会"胜利"的可笑的形象，他也是特别的、与众不同的，精神胜利法就是他的外壳，但他没能保全自己，最终被砍了头。在我们感到阿 Q 可笑的同时，是否意识到自己的身上也会有他的影子呢？不管是别里科夫、格里高山尔，还是阿 Q，文学作品所塑造出来的人物如同一面镜子，会照出我们的灵魂。与灵魂生命相对应的是肉体生命，肉体生命无法从根本上脱离灵魂生命，却可以与灵魂生命形成悖反关系。例如我们说一个人虚伪，总是戴着面具一般，可事实上虚伪仅是人外壳的呈现，并不一定代表人的本质。现实中每个人虽说也渴望着了解世界，投入生活，可那是在理智作用下才做出的选择，人本质上或许只想保护自己，并不想受外界的影响与伤害，尤其是泥沙俱下的、坏的影响，也不想承受现实生活的种种繁难之事，随波逐流地，难免会被动地发生一些不想要的变化。那种纯粹的意愿很难实现，因为人毕竟要在现实生活中获得生存与发展，会被影响被改变，会渐渐有一个自己的外壳，以尽可能地适应和抵御外界作用于自己的、自己难以把握的力量。人内心或精神之外的存在便是人的外壳，我们说一个人美丽、善良、真诚，说另一个人丑陋、恶毒、虚伪都是在试图说出人的本质，可事实上美丽的、善良的、真诚的人也会有丑陋的、恶毒的、虚伪的一面，甚至在不同的人看来就有不同的评价。人的存在复杂而难以言说，而作家却要试图说出、说明人的存在不虚，这便是文学的目的之一。我们都是需要并拥有一个外壳的社会中的人，而作家所创作的文学作品却试图剥去人的外壳，让人认识自我，发现自我与外界的关系，过着精神生活，活着灵魂生命，因为只有那样，人才有机会接近生命的真理。人在自然规律的力量面前，在死亡面前才会剥去外壳，瞬间发出光芒。文学也会使人在瞬间看到那种光芒，看到人外壳内部的存在——那儿或许真的有一个上帝。

东　西

给人送东西，送的既是物也是人情。第一次给别人送东西，是我十八岁那年去西藏当兵。我买了两包香烟送给了一个接兵的干部。现在我完全忘记了那个人长什么模样，叫什么名字，却记得给他送过两包香烟，一块九一包。我为那件事惭愧了很久，觉得自己贿赂了别人，自己的人格也变得不纯粹了。那位干部又和我极不熟悉，熟悉的人相互赠送东西又另当别论。成为编辑之后常会有作者客气地请吃饭，如果对方拿着礼物我会不好意思收，收下了也会想着主动买单。我在三十岁左右时在一家文学选刊工作，至今记得在团结湖公园有两位现在已经算得上颇有名气的作家过来和我聊天，其中一个偷偷买了单，我为那件事耿耿于怀了很久。我一直做着编辑的工作，难免会有作者请客送礼。不熟悉的是极不愿意见面，也不愿意接收对方的礼物的，熟悉的倒还好说一些，彼此可以谈谈文学，聊聊人生，共度一段美好的时光。对方经济条件好的，就让对方请客好了，对方经济条件差的，也不忍心让对方请客。有时我收下一个人的礼物，往往又送给了另一个人。如果别人送了东西，却没有回报别人，我心里会不安。并非我不爱物质，而是觉得物质的东西怎么能和人的情感相提并论？以前那样认为，现在也这样认为。但还是有了变化，变化是我想见的人越来越少，想交流的人也越来越少，我意识到自己的时间与精力也是珍贵的，值钱的，不想浪费在一些无所谓的人的身上。我意识到在有些人的心里眼里只有利益，而把情感视为他们走向成功的障碍。在物质化的社会人群中，恰恰是那样的一些人纷纷获得了成功。那些人是不会以为自己做错了的，因为他们比我更深切地了解，社会和人性是多么复杂。有些人仍然活得好好的，却已经在我的心中死去了。有时我期待着他们能重新活过来，变成一个正常的，过去我曾喜欢的人，但这样的想法大约是很难实现了。正如时间久了，有些我遗忘了的东西突然间从什么地方冒出来，那时它或许早已成为无用的、我不感兴趣的东西，可它却代表着一段回忆，一个美好的瞬间，那时我便会对它生出一丝愧疚来——我对那样的人，也还是会有一种愧疚感的，因为他们总让我怀疑自己在某个方面没有做好，做得让他们满意。不过整理一下自己内心的情感、头脑中的记忆，忘记一些人、一些事是有必要的，如同定期整理一下房间，丢掉一些无用的、占据着房间的东西是有必要的一样。确实如一位诗人所说：顺手摸到的东西越少越好。确实如另一位诗人所说：还没有认识的人，我已不想再认识。然而，我有时仍会为自己的变化而伤感。

不　说

我曾写过一篇小说叫《点石成金》，其中说，曾经我有很多梦想，当我把自己的梦想告诉别人时，自己的梦想就成了别人的梦想，自己反倒成了一个没有梦想的人了。我想以此篇小说使自己记住，守住自己的梦想，别随随便便说给别人听。这篇小说被多家选刊选用，也是我喜欢的一篇。小说中所说的有没有道理呢？是有的。俗话说，事以密成，语以泄败。在现实生活中经常会碰到这样的事情，你以为就要成的事情，不留心说给了别人，结果却没成。当然也不见得别人坏了你的事，肯定会有碰巧的时候，但也不排除别人存心不想让你成事儿。我是个有话就想说的人。心里存不住话，这很不好，这意味着你是一个缺少神秘感的人，会让人对你失去兴趣。我决心改掉自己这个毛病，于是有些话我尽量地憋在肚子里。如果就连这样的小短文可以不写的话，我就佩服我自己了。可另一方面，写又是我的习惯、我的使命，好像我身不由己一样。不过，每当我写下这些小文章时，我的脑海中常会想起祥林嫂的话：我真傻……不说，有时是不大可能的，这说明有一句话很有道理：性格决定命运。好在人是会成长，会有变化的，终有一天，我不会再想说了，因为我终于认识到，多说无益，沉默是金。

才　华

谁都会有一点小才华，我所说的不是小才华，是大才华。不说别的，就说作家和诗人，真正有大才华的人可不多。大多数都是能写，能发，能在小圈子里获得一些小名气的人。这样的作家和诗人，他们的作品过个十年二十年就被人遗忘了，甚至根本没有谁会真正在意，更不会记住他的作品，对他佩服得五体投地。我并非有意去否定有小才华的、不能享有大名气的诗人和作家存在的意义，我是在想，自己是不是已经是那样的，自己是不是满足于做这样的作家。我也在想，我有没有才华。我有些怀疑人生，与几位好友见面聊天。我是不怎么喝酒的，结果中午我喝了白酒，晚上又喝了啤酒。尤其是晚上，我们谈到才华时，我痛饮了几杯。我怀疑自己是有才华的，但想到一些有才华的诗人和作家时，对照自己的生活和写作，我觉得还有希望，这希望若有若无，但并非全无。这意味着我下一步要发现和珍视自己的才华。我想自己是一把刀，该如何让自己变得有锐角有锋芒。我自以为得了道，下一步就要横空出世了。当然，我喝多了。

焦　虑

早上起来，想写诗，想写小说，想画画，想放下一切去旅游。时间流逝，结果什么都没有做，却有些怀疑活着的意义。许多书还没看，已经没了兴趣。许多人还没有认识，也已经不想认识。有时打开一本小说，或者看上一部电视剧，会被小说或电视剧中的爱情与情义感动，却也不能痛快地流下眼泪。我不能再像别人那样去爱得死去活来，甚至也很难想象自己可以去舍生取义。我被琐事缠身，负重前行，似乎为了赚钱，为了并无意义的事而在付出宝贵的时间和精力。我没有李白和杜甫的才华，却不甘平庸。我总是怀疑自己，在问自己：我是谁？我该如何活我自己？

写　诗

我无端地痛恨诗，以及诗一样的事物，是因我与自己渐行渐远，不再简单纯粹。文学与时代渐行渐远，人与真正值得过的生活也渐行渐远。很多人被无形的事物绑架，被迫在生活，在活着，牢骚满腹却没有出路。写诗仿佛是一条出路。我不写，仍会有人失眠，有人流浪，有人忧伤，有人哭泣。我不写仍会有人在写。因为我写下的那些文字，已经有人在谈论我，阅读我，想象我，而关于我，此刻他们又知道些什么？我又知道些什么？许多年后，或许只有无意间写下的那些诗，那些小说，证明我曾经真实地活过。

读 诗

早上醒来后如果不急着上班，我会躺在床上或沙发上读一会儿诗。有时在晚上也一样。有时稍有空闲，也会随手摸到诗的刊物或诗集看上几首。我收到不少朋友寄来的诗集，也购买了国内外的一些诗人的诗。从少年时我就对那种分行的文字感到好奇，至今还没有十分清楚诗何以要分行断句。有比读诗更好的活动，例如去公园里走一走，仰望蓝天白云，细察花花草草，聆听鸟儿欢唱，可读诗又仿佛胜过一切活动，因为没有比读诗更能亲近内在自我的办法了。何以非得要亲近内在的自己？因为我在渴望与整个人类的存在建立神秘的关系，而我从中可以获得真实纯粹的情感，获得思想逻辑的方法，获得创造的隐秘力量。诗是我精神上的秘密情人，是我的良师益友。读诗如在诗人的心境中看到自然万物、社会生活，如同是在与神的使者以语言的方式交流。我也偶尔写诗，却经常自认为不配写诗。对诗的认识越深入一些，就越发现自己不配诗写。写诗是件相当困难的事，并不是谁都可以写并能写好。这确实需要诗人具有诗歌方面的天赋与才华。我渴望发现好诗人、大诗人，经常重复阅读李白、杜甫的诗，经常感叹他们可以写得那样出神入化。我也经常反复阅读昌辉和海子的诗，觉得他们亦是为诗歌而生，为诗歌而死的真正的诗人。我喜欢与写诗的人交往，身边也有不少热爱诗且写得相当不错的诗人。我敬重他们，喜欢他们，通常也只有他们才能更顺利地约到我一起见面聊天。前不久我用了两个晚上只写了四行诗，如果我用两个月只写两行是否会写得更好些？可事实上那两行诗或许也只是可有可无的废话。这说明写诗难，写出好诗，成为好诗人更难。这说明读诗，读好诗如同在别人的宝库里拣取珍贵珠宝。我是否已然因为读诗而变得有些富有了？我那隐形的通过阅读而获得的财富或将成为我在此生获得别样的幸福的资本？我深信不疑。我相信，谁像需要吃饭穿衣一样需要诗，谁就必定是会幸福的人。

伤　感

一个人说，如果我不能过称心如意的生活，就会因此而忧郁而难过。我说，可事实上，几乎所有人的称心如意的生活的得来，都是靠自己努力获得的。那个人说，我也在努力啊，付出的并不比别人少，甚至还比一般人要多得多。我说，问题是，你不肯出卖良知与你瞧不上的人合作。那个人说，确实如此，难道这就是我不能过上称心如意生活的问题所在吗？出卖了自己良知的人，如果他们通过忏悔就可以无罪，人是否可以先过一段缺少良知的生活，变得有权势、有财富之后再忏悔？我说，问题是，有良知的人又怎么肯放弃自己的良知呢，他把良知视为自己最珍贵的东西啊。那个人说，为了我的亲人过上更好的生活，我也准备放弃了。许多人难道不是被现实生活所迫而有了变化吗？我说，这个事实令我感到伤感。

故　事

　　小说家都在讲故事，但讲故事绝不是小说的目的。小说家讲故事，不过是在讲他所写的一个人、几个人、一群人的存在与变化，与他人，与外界的关系。故事是读者总结出来的，向另一个人描述他看过的某一篇小说时的说法。我通常不愿意向别人说我看过某篇小说，小说讲了个什么故事，我总认为那有可能损害作家的真实意图。生活中充满了喜欢读故事的人，他们不大懂得什么是小说。

品　质

　　我试图用我的意志来创造一个世界，这个世界源于现实世界，却与现实世界不同。这虚构出来的世界未必比现实世界更真，但一定要比现实世界更美——因为作家总要带着他的主观的情感去虚构，去创造，因为他创造的世界是艺术的，应是超越时空的，对人类的生存具有一定的借鉴和指导意义。时代的发展让人越来越觉得缺少时间去阅读了，但小说一直在等着人们——小说的世界，那才是人们真正想要的世界。小说让人变得有超越常人的理解力与包容力，理解与包容，这是人对于他人的最重要的两种品质。

长　发

　　我的头发越来越长，这使我显得更加有艺术气质。确实，我需要那样的气质来暗示我的内心，我是文艺的。也有小说家把头发理光的，但我不适合。长发打理起来有点麻烦，但这是必要的麻烦。自从留起了长发，有了更多的人关注我，事实上我不需要他们关注我的头发，我希望他们能读我的文章。我留了长发，我的形象在我的文字中也有了变化。因为长发，我越来越具有了女性的那种柔和。

舍　得

有的人舍得付出，把认为有价值的东西送给别人，因为他判定对方很有可能给予他更多好处。那些人并不太以为那样做应该脸红。他们以为自己是真心实意的，是对别人的敬重，感恩，并没有做错什么。我会为送别人什么东西而脸红，哪怕确实是为了答谢别人曾给予我的帮助。我那样不懂得人情世故自然会比较吃亏——因为即便是修养好、品质好的人也会觉得我做人有所欠缺。他们不会认为我一无所有，如果我一无所有可能他们便不太会计较。既然我不是一无所有，总该有些有价值的东西给他们，而我却总是没有。这说明我没有"舍"——久而久之，便也不配"得"了。我对帮助我的人在心里怀了敬意，也在心里遥祝他们万福了——甚至在他们有需要的时候我也准备付出了啊——但这改变不了我不会做人的事实。在物质化的世界上，纯粹的人越来越少，这真令人忧愁。

痴　迷

　　痴迷于某一样事就如在某一个地方挖井，一直挖下去。喜欢的事多了，就只限于喜欢而谈不上是痴迷。时间与精力分散了，如同这儿挖一挖，那儿挖一挖，结果总见不到井水。就如这儿走一走，那儿看一看，结果等于没有长远的人生目标。能走得深远的人，多是痴迷的人。痴迷于一样事的人，他那种投入与专注令他获得成就。但是男人痴迷于一个女人却未必有称心的结果，但那种痴迷也是可贵的，只是外人看着他傻——外人怎知道他会在痛苦中获得纯粹的甜蜜？痴迷于某一样事的人有着平常人所没有的纯粹，他们不被人理解，实在是多数人比不上他的执着与强大。

无　爱

　　如果一位成年的人一直单身，没有陪伴他、给他爱与温暖的人，渐渐地他有可能失去爱别人、爱世界的能力。很多已婚的人也属于无爱者的一族，他们爱伴侣，爱子女，爱家庭生活，爱工作，往往是被动的。责任和义务确实也可以令人获得一种付出爱与获得爱的满足，但那往往不是真的满足。爱与自由一样，可以主动去争取并可获取。但有不少怀有爱的，想奉献与获得爱的人却渐渐地变得无爱了。通常是人得不到自己想要的、自由的爱，渐渐地便对一切感到失望，且不愿意付出爱了。很多人生活在无爱的焦虑与失望中。众人是一堵又高又厚实的墙，个体的人总是翻不过去——人心中的远方是一种精神上的空间，使人拥有无限的爱的空间。到远方去，实则是要去自由地、自我地去爱一切的样子。一般人是没有那样决绝的意志做出那样的选择的。

老　了

上了年纪的人会感叹，老了，不中用了。我听爷爷奶奶说过类似的话，那时我尚且年轻，并不会对他们说的话很上心。现在却偶尔会想到自己老的那一天。那一天的我是怎样的呢？看到从容貌到精神上都老了的人，他们行走得缓慢，眼睛里失去了光彩，时常会传出叹息声。我老了是不是也像他们一样呢？老了的人虽则有老了的一些朋友，但年轻人多数不愿意和他们交往了，丰富多彩的世界似乎也不属于他们了——这一切都是因为他们老了，来日无多，失去了奋斗的目标、改变世界的力量。不断地学习，适当地运动，不要过分透支身体，保持年轻的心态是必要的，我应该为自己变老的那一天做些准备。给长者，给老人多一些敬重，这是应该的。

心　态

　　我没有盲目的乐观，也没有过于消极。我看人和事的心态还算平和，这似乎源于我读了不少书，人也变得能理解和能包容一些人和事了。我渴望获得名声，过着名利双收的舒服日子，有时甚至觉得自己配得上过那样的日子，但那样的日子还没有到来——我也不是太着急。我有些焦虑，似乎不是为着功成名就，而是为着我所遇到的种种精神的和现实的问题，例如如何对人保持着真诚与善意，如何绕过琐碎的生活静心地坐在书桌前。我不愿自己像个拉磨的驴、耕地的牛，而愿活得像一匹奔跑的马。可事实上有时我得拉磨，有时也得耕地，当然，我也有自由奔跑着的时候。比起很多人来说，那快意奔跑的时候已经不少了。我的心态算不上好，也算不上坏。

不　适

　　关于成功学的，以及名人传记的书以前也是看过的，对于获得成功的那些有名的人，打心里有佩服的意思。通往成功的路是艰难的。就像爬一座高大的山，想成功的人都在爬，但只有少数的人能爬上去。一览众山小的感觉虽不错，但高处不胜寒，自己适应吗？这么一想，爬到山顶的想法就有些动摇了。看到一些成功的人也有很多烦恼——成功后总会有不少人以各种名义打扰，成功后也意味着影响越大责任越大，想一想我就有点不适应。我是越来越不太想要大的成功了，只想获得一些小成功，小范围的，轻量级的，能让我衣食无忧地活过这一生便是了。我常想，赌命一般追求大成功，不管不顾的，成功了又如何呢？这样的想法是没出息的——但我想，主张无为的老子确实更容易体会到人生的快乐。

成　功

　　有所为，有所不为，人才更容易获得成功。人是要获得一些让人敬慕的成就的，这是他立身为人的资本。人人都需要获得他想要的成就，这是值得赞许的。人人也都需要追求成功，这是值得称道的。平凡、平常固然是多数人的状态，然而那不是理想的，甚至是一种无能的、无奈的状态。人是要追求理想的生活状态，成为他自己的。成为自己，心想事成，便是一种成功。有的人成功，却未必是好的、值得称道的成功，因为他的成功给别人带来了伤害。历史上这样的人物有很多，还都是些大人物。人可以变得有才华，只要他有志向，有方向，肯下功夫。没有谁能做着梦就能获得成功。

发　表

对于不少初学写作的人来说，发表是相当困难的事。对于写到一定程度的作家来说，发表不再是他追求的目标。刊物和报纸也会发大量的平庸之作，那并无意义，对于读者来说，是在浪费他们的时间。作家本着为自己，为别人负责的态度，确实是需要认真对待自己写下的每一个字。我写作并发表了大量的小说，而且发表对于我来说已不再是难事——在一段时间里，我习惯并满足于发表，这是因为我把写作当成了工作，把发表当成了生活资本的来源。巴尔扎克和福克纳也为了生活而写，许多作家都一样——他们大约也写过很一般的作品，但这并不是说，这就是值得称道的。写作确实不应该成为工作，发表也不应该成为目的。写作重要，但最重要的还是生活，深入生活，投入地生活。发表重要，但最重要的是发表让读者赞叹的作品、真正的有质量的佳作。

感　受

　　陶渊明和莫言都表达过这样的意思——好读书而不求甚解。我想他们重感受，感受——确实是创造的底色与源泉。但只有感受是不行的，艺术家、作家需要有一颗敏感的心，还要有敏锐的大脑——他要会思考，善于思考，要拥有思想。只有感受那会缺少方向。写作需要方向，那会使作品拥有生命力，使所写的人物行动起来，在未来的时空中，在人们的阅读中渐渐拥有重要的价值。感受要通过写作来落实，而落实下来的不仅仅是感受，也是情感、思想与灵魂的一种呈现。

笔　名

　　要不要起个笔名的问题困扰了我很久。许多好作家都有笔名。鲁迅，莫言，海子，昌耀，苏童，残雪，格非——我想，起个笔名大约是好的——仿佛那不再是为自己的名而写，而是为着一个想象中的自己或他人而写。我用过一些笔名，都不太满意。我不想让自己迷信笔名的魔力，但好的笔名确实也会给人暗示。一个顺眼的、好听的、容易让人记住的名字——最重要的还要适合写作者自己。有没有一个好的名字也仿佛有着命运的作用一般。事实上，也可以不在意有没有笔名的问题。任何一个名字，只要有了好作品都会响亮起来。

兴　趣

我想，写字与画画，是要写和画的，这是一种兴趣爱好吧，也不要太当真。兴趣爱好当真了，便失去了趣味和真意。当真的，只有写作，只有生活。有时，随意是自然的，自然的状态最为难得。刻意的，自然也有功用，但终是透着些功利的机巧，让人觉得美中不足。

骄　傲

写什么，以及画什么，这些都是蛮重要的。选择不好则事倍而功半。要承认别人的明智以及用功，还有他们的才情。甚至要承认世俗的力量、众人的审美情趣，但不要太在意。不要向他们靠齐。人终是要做自己的，要保持着自己的骄傲。骄傲是种心劲，是种态度，是种品格——与世俗却是一种紧张的对立关系。骄傲与谦逊相比，骄傲显得更真诚且并非无知。

呈　现

当人停止劳动或娱乐时便会陷入无边的孤寂之中。我挺难想象一位没有任何理想与追求的人是如何打发时光的，也挺难想象他通过什么来呈现自身。自然人都在向他的时代、他所在的群体来呈现自身——否则等同于没有活着，他难以接受那种存在。人都在呈现自身，通过各种方式。人呈现自身的过程中会对他人造成干扰，且人通常并不知道自己的存在是否有益于他人。人呈现自身通常是基于生存与发展的需要，在这个过程中有些人有意无意间变成了骗子，变成了自欺欺人的人，变成了不自知的人。不管别人如何呈现自己，还是要对他们宽容些，因为人都在其一生中渐渐呈现出自身，不能只看一时。人很容易对他人有不公正的看法与做法。如果谁对无可救药的人也怀着善意的期望，这人应算得上是真正的好人。

阶　层

人真的有贵有贱吗？人不应该像商品那样有贵贱。人有着不同的阶层。上过大学的，没有上过的；有权力的，没有权力的；有各种关系可以用，愿意利用各种关系的，没有也不愿意搞关系的；有房有车子的，没房没车子的。有的，和没有的，充裕的和匮乏的，已形成两种不同的阶层。不同的阶层之间无形中存在着一种敌对关系，彼此有着难以消除的偏见。有时，如果你是一个对别人没有偏见的人，反而会被视为异类。人与人之间的偏见造成了人生活在更多的困境与苦难之中。你很难看到一位对所有人都怀着真挚的热爱的人——作家或诗人应该是那种人，他不应该对任何人有偏见，不应有阶层观念——当他超越这些实在的存在。

善　意

《静静的顿河》中写道一位老妇人救下了一位被打、被摧残疯了的、被俘的红军战士。战士很可能是装疯，老妇人知道，但还是以他疯了的名义请求别人放了他，后来还让他逃走了。红军战士逃走后还是有可能成为老妇人所代表的那些人的敌人，但她还是让他逃走了。老妇人的眼里没有战争与政治，只有人。那位红军战士是幸运的，在老妇人的善意中活了下来。但与他同样被俘的许多红军战士在走过一个个村子时，绝大多数被充满仇恨的老百姓给活活打死了。过去有许许多多的人死于人性中被放大了的恶，现在和将来也会有人死于人性中存在的恶。有些人性中的恶通常是被别人，被一个团体利用的——很多恶的人也是缺少自我，在盲目地活着，可恨而又可怜的人。不要迷信权力，迷信金钱，迷信领袖，更不要人为地制造偶像与神。人一旦失去自我，则随时都有可能变成杀手与恶魔的帮凶。人对人的善意才能真正使人活得像个正常的、有灵魂的人。

失 望

有时人会感到活着的无意义。那时人便会对自己，对任何人和事都感到失望。那样的时候，人会想到要以死来结束难以承受和忍受的一切。有些人选择了去死。那些人往往是极聪明纯正，善良勇敢的，但他们也像瓷器一样脆弱，一失手便掉在地上碎裂了。相信难得糊涂，水至清则无鱼，人善被人欺、马善被人骑等等这些道理的人，通常能活得如鱼得水，自由自在。他们会变通，通常以一种游戏的态度看待生活，并不把一切都看得太重，也不会严肃地想到死的问题。我想，人不能被失望的情绪所绑架。人还是要适当地追求名利，承认一些欲望的合理性，为继续生存下去而心怀希望。对于每个人来说，活着也是一种爱与善的行为。

克　制

泼皮无赖说，你要么杀了我，要么从我的胯下钻过去。韩信皱了皱眉，选择了钻裤裆。我想，换成我，也许我也会那样。但是，我很难克制自己不抽烟。想戒烟应该有一千次以上了，但还是没有戒掉。我总是想：比起一天抽两包三包的朋友来说，我算抽得少的。我很难克制自己写诗，想不写诗也想过许多回，但还是不能不写。因为写诗，我写小说的思想状态经常被影响。我是一个不太懂得克制的人。我现在也不太算得上是那种喜怒不形于色的人。在以前，我尤其是看不得别人的脸色，受不得别人气，这并不是因为那时的我不懂得克制，而是我想认真地对待每一个人——我想纠正那些给人脸色看和气生的人。现在我终于相信，有些人没有必要太在意。即使你很喜爱一个人，如果对方不喜欢你，你也没有必要在意对方——克制，使你变得尊贵。

第 一

我们都佩服在比赛中获得第一的人，自然，应该给予获得第一的人以掌声和赞美。对于获得第一的人来说，那确实是件值得骄傲的事。我也获得过几次第一。小学时数学考过第一，那么久远的事了，现在还记得；在部队里全连军事比武获得过第一，现在想起来还仿佛能看到自己当年的健壮；十二年前一个短篇获得了第一，现在想起来仍然觉得那笔一万块的奖金对于正失业的我来说很重要。不知从什么时候开始，我对第一不再感兴趣了。我不知道为何有了那种变化，大约我觉得——获得第一，那并不是人生的常态。不过，我对获得第一的人还是怀着一种敬意，因为我明白，获得第一总归是不容易的事儿。

流 言

言多必失，这话极有道理。你和朋友在一起说话，说起另一个人，或许并没有恶意，但话被传到另一个人的耳中，别人可能就听出了恶意。传话的人也未必有恶意，通常他只是对另一个人说了他想说的话。但也有别有用心的人——我以前是不大愿意相信会有那样的人的，但现在却相信——确实会有那样的小人会恶意中伤别人，以达到损人利己，或损人不利己的目的。那些人之所以那样做，是因为他可能不喜欢某个人。他因为不喜欢某个人，放弃了自己的道德底线，去损害别人。无端地评价一个人总归不是太好的，如果对别人不是赞扬的话。通过一个人对另一个人的看法，就对另一个人产生看法，那也是极不应该的——但人，十有八九都会犯这样的错误。

四　十

四十岁时，我有点不愿意相信真就四十岁了。我照着镜子，没有看到白发，皱纹也不多，眼神依然明亮，皮肤尚且光滑，可以说依然年轻。问题是，当我看到真正二十左右的小伙子时才意识到自己真不算是年轻，也不该再幻想单身、恋爱、自由了。青春已经一去不返。我缺少了曾有过的激情，也缺少了曾有过的纯粹，只是那颗心还不愿意承认，它愿意永远停留在二十岁的生命中。事实上心也跳动得不像以前那样有力了，当理性渐渐占了上风，它就像被关进笼子里的野兽一样，只能痛苦愤怒地嚎叫。有一段时间我感到自己再也没有什么前途了。我想过造成这种局面有因素，但归根到底，人们还是对自己缺少清醒的、真正的认识，年轻时没有更好地为四十岁以后做准备。还好我不愿意承认影响我前行的种种因素，相信一切都会好起来。这种理想主义的存在使我感到——现实可以打倒我，却永远无法战胜我。四十岁之后仍然常有疑惑，仍能保持初心，继续行走在自己选择的道路上的人是难得的、可贵的。年轻时没有为将来做准备，就从四十岁之后再出发吧。

坏 点

过于善良的人总显得缺少一种野性的力量，是不大适合在相对恶劣的社会环境与人事关系中与人竞争的，他们大约只能做默默无闻的平常人。善良的人如果时运不好亦会被强势的外界所弱化，即便是有理想追求渐渐也会成为依然平常的人。他可能也会取得一些小的成就，得到一些人的认可，但终究无法获得大的成就，得到更多人的认可。有些原来善良的人放弃了自我，变得坏了一些——他们不再顾及别人的感受，也不再以固有的原则框架规矩地活着，他们要活得更有声色，更有名利，更如鱼得水，于是会考虑不择手段——他们是有脑子，也有行动能力的人，经过一番努力奋斗，他们往往获得了成功。你如何去评价那些人呢？成王败寇，一将功成万骨枯，从整个人类发展史来看，好人确实吃亏，吃亏未必是福。问题是，一个原本善良的人变成一个坏人，这也不是一般人能做得到的。有时，人确实想暂时忘记上帝的存在而变得坏一点，想从魔鬼那儿得着点好处。变坏了的人还是蛮多的，有些人并不知道自己变坏了，变得不是有益于他人，而是有害于他人了，他们只是觉得自己混得还算不错，家人亲戚都跟着沾了他的光，他们还想混得更好。

活　着

人该怎么样活自己的一生？人可以有什么样的变化？托尔斯泰说，多数人活着肉体的生命，缺少对灵魂生命的思考。如果不能对陌生人也有爱，如果不想着将来人的生存与发展，作为文明智慧的人来说，这种活应是一种相对低级的，与动物差别不是太大的活法。余华写过《活着》，许多看过的人都说好，我也觉得好。现在想来，福贵这样的人大约就是一种为活着而活着的可怜而无助的人。小说还是在说，人是社会的动物，被社会影响和改变，人往往对自己的命运无能为力。其实人不仅仅是别人的地狱，人还是自己的囚徒——但人确实还应有另一种更合理的，更具有品质的活法。人人可以有对未来的希望，人人可以有对现实与未来的想象，人人可以有对现实的批判与反抗。活着，人要把自己当成人，而不是社会的动物。活着，人还要追求自我，成就自我。一切事实加在一起也说明不了人该怎么样去生活，而人的希望与想象，人的对自由与爱的渴望，可以改变其生存与发展的现实处境。活着，人可以活出那么一点光芒来。

检　讨

我要向自己检讨。一个我想要成名成家，另一个我却在写作上过于随意。我没想去好好想一想写什么，也没有好好想一想怎么写，只是按照感觉去写。我不再是个小年轻，原来有的一些才华也随着岁月的流逝、生活的磨洗渐渐褪了色，失去了锋芒，不再靠得住了。一个我想要拥有更好的生活，另一个我却对赚钱不太感兴趣。不是我对可以买很多东西，也可以让自己生活得更好些的钱不感兴趣，而是我不愿意为了赚钱而付出更多的时间与精力。一个我想要一心一意地写小说，另一个我却想写诗画画。人的时间精力是有限的，想做的事多了往往什么事也做不好。这样的道理我懂得，但还是放任自己去写诗，去画画。一个我想要过简单的生活，另一个我去担任了一些职务，少不了参与一些事，去应酬。一个我想不抽烟了，另一个我却管不住自己；一个我想要每天拿出一个钟头锻炼身体，另一个我却懒得动；一个我不想再去吃快餐了，另一个我却想节省时间……我要向自己检讨。

自　制

　　我是个缺少自制力的人，但我之所以现在还有些写作方面的成果，确实是因为我热爱写作，自发地在写，愿意在写作上投入时间和精力。但这并不能说明我就是一个有自制力的人，这充其量只能说明我算得上是个有理想有追求的人。我深知，一个人要想在某些方面取得更大的成就必须有自制力，但我总是在想，一个人又怎么能假设自己可以像苦行僧那样去生活呢？一个人又怎么能违背自己的性情那么苛刻地对待自己呢？我知道自制总是会有更大的回报，但我还是乐于享有自在。如此，我对自己挺失望，觉得很没有前途。我已是尽量地克制着自己不要被社会化了，我想活得自我一些，但事实上人生就是一场场悖论——如果我不能获得更大的成就，又如何能活出理想的，受人敬重的自我？有时我真想克制着自己少说一点话，有些话别人不会说，至少不会形成文字让大家阅读，我真心觉得他们比我聪明，比我做得好。我不够自制，也像个孩子般不愿意成熟，有时这意味着将会冒犯成人的世界，对此我也感到抱歉。

阅 读

想成为好作家，大约要做到这样——三分写，七分读。我没有做到那样，我属于三分读，七分写的类型。我知道这是不好的，但很难改变。近二十年来，我一直在做编辑，要看自然来稿，如果那也算是阅读，我确实做到了七分读，三分写——但看那样的稿子是不能称之为真正的阅读的。即便是在选刊工作，为王安忆、迟子建、格非、阿来、东西等名家的长篇做删节，天天看出版和发表出来的小说，也是一样，那些稿子也不能称之为真正的阅读——真正的阅读是读自己想要读的。我喜欢逛书店，有时从书店买来书，通常只是翻一翻。心里想着以后读，但买了而没有认真读过的书却越积越多。也有能读完的书，但那样的书实在不多。想当好作家，最好别干编辑这一行。

编 辑

十几岁时，我第一次去菏泽市里的一个在当地挺有影响的杂志社的编辑部，那是本什么杂志现在也记不清了，但对于当时喜欢写作，想要发表却还没有发表过文章的我来说，编辑部是个神圣的殿堂，我是怀着膜拜的心情去的。现在回想起来，我仿佛还能感受到自己当时的那颗热爱文学的、火热的心，还能看到自己当时懵懂清瘦的样子。第二次去编辑部，我已在西安一家报社当专职记者。那时我去过一些时尚杂志的编辑部，我去了《延河》杂志社，在一个灰色古朴的院子，我见到了徐子心和张艳茜两位老师。当时我想，如果我能在这样的刊物当上编辑该有多好啊。后来我在《延河》发了诗歌，隔了一年又发了我的第一个短篇小说，而在这之前我已经写了很多年。我写的小说一篇篇发了出来，后来也有机会做了编辑。在杂志社，在出版社，在报社，都做过，基本上一直在编着文学稿件，渐渐地我不再觉得做编辑是件多么了不起的事了。可事实上在热爱文学的年轻作者心里眼里，可能并不是这样——然而，由于来稿量太大，必然还是有不少年轻作者被忽视——做编辑虽说为不少作者编发了稿件，同时也会令不少作者失望。现在，我基本上可以通过语言来判断谁是真正热爱文学，谁是文学的爱好者了。真正的热爱是用心在写，爱好者写的文章总透着些小聪明。我喜欢真诚的、用心在写的作者。

作　者

一个作者有没有前途，基本上能从他的作品中看出来。大部分作者在写作上谈不上有前途，他们只是把写作当成爱好——也只能当爱好，因为对于他们来说，比写作重要的事还有很多。写作需要才华，才华并不是每个人都有，如果缺少才华，又缺少对写作的热爱——真正像爱一个人一样去热爱，去心甘情愿地付出，很难写出成就。有不少人写着写着就不写了，不写也好。有的人还会继续写下去，不管有没有前途，能写终是件好事情。事实上，哪怕是才气不足，显得平常的作者也是有办法写得更好些，甚至写出一番天地，只要他认真地把写作当回事儿，对写作有真正的爱。任何成功者，除了勤奋，还需要有经验和办法，需要找到适合自己的写作路子。当然，好作家也需要一些运气，而那"运气"多半也是他自己悟出来、修出来、写出来的。

简　练

契诃夫的小说是公认的好，他可以用很少的文字写活人，例如《小官员之死》《装在套子里的人》。在他看来，写作的本领是把写得不好的地方删去的本领。他还说过一句名言——天才的姊妹是简练。在使用简练的语言这方面，契诃夫超越了托尔斯泰等诸位大师。鲁迅的小说也很好，他也说过一句话——要竭力将可有可无的字、句、段删去，毫不可惜。拿鲁迅作品与一些名家对比，可以说几乎没有谁的语言比他更加言简意赅了。也有作家的文字泥沙俱下，汪洋恣肆，显得一点都不节制，像获得诺贝尔文学奖的莫言。还有的作家文字曲里拐弯，绕来绕去，如刘亮程。这说明简练的语言可写好作品，繁复的语言也可写出好作品。究竟是使用简练的语言，还是繁复的语言，还要看作家自身拥有什么样的语言系统，擅长使用什么样的语言。语言终究要为内容服务，无论如何，作家如果不能做到内容大于语言，几乎可以算是一种失败的写作。作家的语言是否具有诗性，也是检验其语言是否简练的重要标准，在这方面，不管是莫言还是刘亮程，他们的语言也有着内在的简练。鲁迅与契诃夫的语言，也有废话，但他们有着内在的简练，这种简练见思想，见才华，是隐藏不见的。可寻可见之物，不足为奇，不可见的，谓之精神、灵魂——好作品要有精神的光芒，灵魂的纯粹。

成　年

契诃夫在《第六病室》中说，当一个人成年了，思想成熟了，他就会不自觉地感觉到自己陷入了一个没有出路的陷阱。读到这一段时，我陷入了沉思。接着我想到，我的问题就出在想得太多，顾虑太多了。我不该想太多，应照着自己最初的想法不断前行。成年人与年轻人相比，往往是想得太多，而变得缩手缩脚。

活　法

人最好的活法是什么呢？衣食无忧，平安健康，快乐幸福，自由自在……要得到这些，总是要付出。付出的过程中，人失去了自由自在，也会有痛苦与忧愁相伴，甚至还得付出健康的代价，需要冒着生命危险。每个人的活法，大约是他能做到的最好的活法。人当然有可能会活得更好，但估计也要付出得更多，有时还很有可能得不偿失。人的一生大约是获得与付出的一生。人向水、土地、天空、他人索取得足够多，而自己又付出了多少呢？相对于人的获得，人所创造的相当有限。

留 名

　　"古来圣贤皆寂寞，惟有饮者留其名。"李白有此感悟，太令人佩服了。虽然诗意表达的是——古来万事东流水，做什么冠冕堂皇的事儿都不如及时行乐，但真实是一种无敌的力量，令人自知自省，终是有益。这诗的调子是灰的，格调却是高的。凭着一首《将进酒》，李白便可千古流芳了。陈子昂的"前不见古人，后不见来者，念天地之悠悠，独怆然而涕下。"则相反，同样是广为流传的好诗，同样是灰色调，格调却低了些。格调有高低，见学识才华，见精神境界。一首诗，如诗人生命中盛开的一朵花，诗句中含着诗人的灵魂。那些通过文学作品，通过丰功伟绩，在人类历史长河中留下英名的人，都是奇葩。人生一世，草木一秋，为何要留名呢？因为人是不甘寂寞的，大凡不同凡俗的人，总要留下活过的痕迹——后人沿着他走过的路，继续向未来前行着。有些人活过，逝去千年后仍然让人感慨、感动，真正是没有白活过！我亦是不甘寂寞的人。

取　经

　　写作之旅，如唐僧师徒去西天取经，要经历九九八十一难，才有可能取得真经。取经途中会遇到许多危险和诱惑，又要长途跋涉历尽千辛万苦，真不是一般人所能承受得来的，所以要想成为小说家、诗人、艺术家，不管你想要成为什么家，总要为此付出大量的时间与精力，牺牲掉许多娱乐的时间，忍受肉体和精神上的折磨。比起那些过着平凡安逸生活的人，他们是可敬可爱的，仿佛他们不是在为自己，而是为更多的人努力投入无尽的工作中。因为要生存，许多艺术家还需要做一份工作以维持生计，这就更加难能可贵。不管他们的动机是不是为了自己将来能够名利双收，他们创造的结果却成了全人类的文化遗产。他们与农民种地、工人生产不一样，他们不生产物质的东西，他们生产的是精神的食粮，建构的是精神宫殿。无疑，人类需要继续生存和发展，那些艺术作品赋予和确立人类生存与发展的意义，为人类持续提供无形的能量。艺术家所创作出来的作品，便是经书的内容。我们忽视那些精神的内容，一味强调物质的神奇作用，如同变成了妖魔鬼怪，连动物也不如了。

夜　晚

　　吃过晚饭不久，七八点钟的样子，住在乡下的父母往往便进入梦乡了。那时在城市里的我不过刚刚吃过晚餐，当我想打个电话时又觉得他们都睡下了，便忍着不打。白天总是忙着，忙这忙那，为这为那，仿佛总是在为整个城市的膨胀与物质的日益繁盛而活着一般。有时闲着大约也会想些别的事情，并不是给家里打电话的时间。有时实在想打电话问候一下，便只好把他们从梦中吵醒。回忆起小时候，那时晚上可以玩的事情不多，往往也睡得早。有时夜里醒来难以入睡，会去院子里抬头看星空，那时天空中的星子晶亮，月亦皎洁，即便有虫声鸣唱，也清脆得衬托了乡间的静谧，令人神往、回味。在城市里，天气晴好时夜色中的星月也还明亮，不过总比不过小时候看到过的星月纯净，仿佛影响星月发光的是那常常在凌晨一两点钟依然会有的喧噪声，是那白日里车水马龙、人声鼎沸所弥漫着的难以消除的味道。在城市里，几乎总是在十二点后才睡，早上醒来总是没有睡够的样子，带着一些残存的疲惫又开始了新的一天。我怀念小时候，那时看山是山，看水是水，一切都简简单单，现在的我，看什么都不像了，一切似乎都变化了，复杂了。我再也回不到从前，仿佛城市里的我被一种无形的力量给绑架了。有许多个夜晚我在阅读和写作中度过，现在想来，无所谓幸福，无所谓不幸，无所谓痛苦，无所谓快乐。无论如何，我喜欢小时候的夜晚。我希望城市一片漆黑，每个人都像树根深深扎在泥土中那样享受睡眠。

看　透

关汉卿在《窦娥冤》中说得好——为善的受贫穷更命短，造恶的享富贵又寿延。天地也，做得个怕硬欺软，却原来也这般顺水推船。地也，你不分好歹何为地？天也，你错勘贤愚枉做天！老子在《道德经》中也看透了——天地不仁，以万物为刍狗。与天斗其乐无穷，与人斗其乐无穷。说出这样话的人，大约也是天才。只是，天是没有人性的，人何必与天相争？说白了，也好无聊的。书读得多了些，你会痛苦，甚至会厌倦继续活着。一些天才式的人物，都各有各的纯粹，一般人是难以理解也难以接受的。你理解不了画家梵高为什么会割掉自己的耳朵，也很难理解诗人海子为什么会卧轨自杀。他们自己或许也理解不了，大约他们要反抗并非理想的世界。反抗，无疑是以卵击石，但顺从，对于那些天才式的人物来说则意味着如猪狗一样活着。有句没有出息却管用的话，适合普通人的生存哲学：君子不与命争。事实上，争不争，命都如同日月一样交替运行，从遥远的星空去看地球，即使你再伟大神奇，你又在哪里，姓甚名谁呢？一个人说自己看透了什么，只不过是代表着他自己。难得糊涂的说法是好的，人活着似乎就应该糊涂一些，免得什么都看透了，就没有什么意思了。看透不说透——因为说不透。以为是说透了，其实还差得远。

买　书

以前为自己过生日时，庆祝的办法竟然是买书。现在想来，有点形式主义，有点不可思议。现在想来，有些感慨，还有些感动。前几天，我买了近两千块钱的书，书陆续到了，摞在一起老高，一一拆开，却只是翻翻，并不能有心读下去。前两年买下的书，有不少也没有看，像一些久闻其名，仍未得见的朋友，它们仍然在等着与我相会。每一次看到，总想着要看，想着用一块好时间来读它们。有些书会读，常常是在入睡之前，或在因疲惫躺在床上或沙发上休息时。那并不是读书的好时光，不好看的，有时读着读着就睡了；好看的，强打着精神读，也有些劳神伤身。有时看着那么多还没有读的书，暗暗在心中发愿，存书读不完，就不要再买书了。但听说某本书好，还是会买来。或者心情不佳时也会像女人去买衣服一样，去网购一些书回来。买书，于我来说是种嗜好。因为买书成癖，我担心自己将来——穷得只剩下书了。有些书买回来，或许永远不会去读了，但那些书仿佛依然有必要存在于我的书架上，仿佛是精神生活空间里的装饰。有些画不能吃，不能喝，但挂在房间，却美育着自己的内心世界。有些书，大约也如此。买书这"恶习"，大约是改不了的。

习　画

不管是古人，还是今人，写字不临帖是不成的。我也临过，不喜欢。我知道成名成家太累，是绝不敢妄想当书法家的，但画画有时需落款，字丑，画便不敢示人。有时我想，世上已有那么多优秀的书法家了，如果练字痛苦，为何一定要练字呢？我为何不随心所欲地去写一写？话虽如此，但还是要练习的，只不过不想把大量的时间与精力用于临帖。又或者，练字的时机尚未到。习画也一样，我买了古今许多人的画集反复欣赏，《芥子园》也买过两个版本了，却也并不愿从基础学起。我是不敢想，也没认真想要成为画家的，好画家也已经很多了，我半道出家，和人家专业的没法比。不过，我喜欢画画，是打心里喜欢。有很多次因为画画耽误写作想要半途而废——可兴趣是最好的老师，最终还是不能放下。我想画心中之画，姑且就随心随性地去画好了，能画成什么样便是什么样吧。学习，自然一定是要学习的。不管是书法，还是绘画——但我暂时没想要系统地去学习。想成为书画家的人，切莫学我。

为　人

　　我是不怎么会为人的，尤其是年轻的时候，简直不食人间烟火，不懂得人情世故，因此有些人看我会觉得我清高，还有些人会觉得我不懂事。现在看来，确实如此。有求于人，或者受人恩惠，是不是想方设法地去回报对方才好？以前我不那样想，我不过在心里感谢对方，在别人用得着我的时候会竭力而为。但通常，帮助过自己的人又常常并不需要自己做什么，因此这人情只好欠着，有些可能是今生今世都还不了。细想来，我欠着很多人的人情，要感恩的人也有很多，但我不知道该如何向他们表示。有些过去的老师、朋友、同事，因为久不联系，关系也渐渐生疏了，但我也不愿刻意去联络，因为我生怕冒昧地打扰了那些曾经帮助过我的人、对我好的人，令他们不适。例如我问候他们，给他们送些礼品，或者给他们一些什么好处，大约也会亵渎了他们曾经对我的好意。我在内心里，灵魂深处认为，做事不求回报，真是优雅高尚。我也或多或少地做过些对别人有益的事，并不想要别人回报什么，因为那是我应该做的、愿意做的、自己做了便会感到快乐的、有意义的。但事实上我现在的变化是——我越来越不习惯不求回报地为别人做事了，更要命的是我感到越来越多的人都有我这样的心理。难道是我成熟而世故了吗？

世　故

平时我是个穿衣比较随意的人，有一天穿了一身漂亮的衣服送女儿去幼儿园，到了门口，女儿非要我抱着她进去，因为她想让老师看到我。这是不是一种世故呢？又或者说，世故是一种天性？以前我总以为自己不是那么世故的人，后来我想，世故可能是与生俱来，是人骨子里的一种东西。有些人能在人前人后做的事，另一些人未必能做得来。例如高攀下咨、见风使舵的人所做的事，有些正人君子就耻于去做，但这并不意味着他一点儿都不世故。有些人过于世故，有些人则不是那么世故。过于世故，自然面目可憎，但一点儿不世故，大约也不能使人亲近。

相　信

对别人信任，有时源于自信。我是否可以相信自己，在于是否了解自己。我怎么能够相信自己是那个可以不断超越自我，而心想事成的人？我需要安静、闲适，需要有一定的物质保障，一些欲望得以满足；我要拥有快乐和幸福的感受，人生的意义。人生的意义，更多地体现在是否对别人有益。我是个想对别人有益的人，但也深知，我不可能总是对人有益，而不损害别人。我不想走寻常路，和别人那样思考和生活。我的出路又在什么地方？如果我不在意别人如何去看，如何去对待我，那我就能实现自己的渴望了吗？就拥有自我了吗？自我，也是建立在众人存在基础之上的一种自我实现。谁都没有绝对的理由相信自己就是真理的化身，否则他就错得离谱。我只能相信自己，在现实中摸爬滚打，仿佛是为了杀出重围，超越现实而实现精神意义上的自我的存在。我相信，此时便是永恒的组成部分，现在便是最好的自己，至于未来，已在此时此刻的存在中生长着。

想　法

　　常会有种有气无力之感，仿佛我长久厌倦了生活与生存。事实上外部让自己兴奋的人和事，有很多很多。他们，以及它们，可以充实我，丰富我，成就我。我还有很多未知的可能性，足以做到令别人羡慕嫉妒恨，令自己也感到心满意足。例如获得全国的、世界性的文学大奖，作品频频被改编成影视，成为真正意义上的文学大家，到处被人追捧，过着锦衣玉食的奢华生活——而且以自己的才华与勤奋，俨然也配得上那种梦境一般的生活。人的想法有时是那样的美妙与天真，人有时又是那么的自私自利，甚至是厚颜无耻。想法归想法，人在现实中行动起来会处处受到牵绊，尽管如此，人活着不能没有想法。

本　质

人的本质，是肉体呢，还是灵魂呢，或者是别的什么？这样的争论由来已久且无定论。

我想到，女人，更多的时候不是男人生理上的需要，而是男人内心的、情感的、精神的需要，但有时，性，对于男人又是首要的。因为性，仿佛在象征着，指涉着人的本质。人渴望活出自己的本质的样子。本质仿佛无丑无美，无声无息，无香无臭。但，本质的，定然是纯粹的一种存在，是类似于比上帝还要完美的一种存在。人，很多人压制了自己的本性。因为大家知道，敞开欲望也没有出路。人是没有出路的，他不可能成为神——但合理而完美的性爱则使人忘记了是否有出路，仿佛在某个时刻，找到了联通过去和未来的方法。还有爱情，真正的爱情也使人忘我而纯粹。人类越活似乎越远离了其本质，不，本质应是不增不减的一种存在。

重　担

　　接连读了几天书，充实。上午上班，编下一期稿子。中午回工作室休息了一下，起床后整理文档，却是心意沉沉。想画画，动不了笔。想写，也动不了笔。外面的阳光不错，也没有走出去的念头。我只是站在阳台上，眯着眼看了一眼太阳。一个人待在工作室里，四周是书。有一台联通外界的电脑。可以喝茶，可以抽烟，可以幻想。这种日子不知是多少人所渴望的，我拥有了却依然会有烦恼。我的烦恼来自哪里呢？似乎外界有磁性在吸引着我，令我无法安神。外界，指的又是些什么呢？仿佛一切都在变化中旋转着向前去，我亦在其中。我的前面，后面，左边，右边，黑压压的一大片。我大约是渴望飞翔着去往高山，去往大海，去往蓝天的，然而这并不现实。我只能在人群里一步步向前走去，且负着生活的、文学的、精神的重担。在各自的生命里，谁不是这样呢？

困　境

　　若想要逃开绝望浓雾般的笼罩，一是要积极地融入生活，二是不断地做事，三是不必过多地想些杂七杂八的事情。于我来说，所想的是过多了。我想工作的事情，家里的事情，写作的事情，画画的事情，锻炼的事情。我所想的，也正在做着，只是每一样事情都做得不是那么顺心如意，完美无缺。我对自己不满，过多的不满累积起来像漫长而无际的黑夜使我感到人生若梦。有时绝望感排山倒海，遮天蔽日般袭向我的肉体与精神。我对自己过于苛刻了，应放弃一些可有可无的东西，如果不能至少应该调整和放松自己。

谦　卑

尼采说：在自己身上克服这个时代。我是这样理解这句话的：不要与时俱进，你永远跟不上时代的变化；不要相信多数人相信的事情，那等于是自欺欺人地活着；不要追求众人都在渴望的成功，那并不是真正的成功，也并非真正有价值的人生。要谦卑地面对一切人，这是你对一切人应有的态度。你为什么要谦卑得像一粒尘埃呢？因为你就如同一粒尘埃那样纯粹。

强　大

不少朋友说过，我应该继续受读者欢迎的那类小说的创作。不是我不以为意，而是同一类的小说继续写下去也困难。我清楚这种困难恰恰是需要克服的，问题是我还想写点别的，想要有突破——这个并不见得正确的念头诱惑着我，使我投入其中。我写了不少，并没有十分完美地实现创作初衷。写起来也并非力不从心，而是难有变化。我曾经以为现代化的，城市化的存在不容易理解消化，不容易形成有感受的，经心的语言流势，建立起自由虚构的认同感。固然有这种种原因，但重要的是，我没能更好地调动自己的想象力与潜意识，此外我太把现实当一回事，无形中把创造力给弱化和抹杀了。写作者得变得强大起来，这种强大建立在对现实不顾一切的想象与叛逆的基础之上。此外，强大即在不断的重复中杀出重围。

见　识

平凡的、生活化的人，是正常的。一旦成为政治家、科学家、艺术家、企业家、教育家、什么什么家，似乎便不太正常了。这不太正常源于他们要改变世界与人。这种改变除了物质的，还有精神的。有些改变是必需的，是好的，有些改变则显得操之过急，适得其反。能清醒地看到这一点，便是有见识的。如何有见识呢？阅读，实践，思考，谦卑而自信。

整　理

电脑中的文档需要整理，也整理过多次，总难整理好。写的东西太多，太杂。有些文章需要反复修改，每改一次都另起一个文档。每过一段时间，电脑桌面上的东西就多了，显得乱七八糟，想找的半天找不着很影响心情，有时本打算写一篇小说就因为桌面太乱写不下去。工作室也需要整理。工作室约有二十平方米，不大的房间，更显得东西多了。书最多，书架上有，桌子上有，床头有，沙发上有，地面上也有。整个人几乎被书包围着，围困着。整理过多次，过一段时间又乱起来。乱的房间也会影响心情，有时泡上一杯茶想要写作的时候扭头看到地上有书，想拾起来，这一拾写作的感觉跑了，写作的念头就淡了。便只好翻翻书，听听音乐，发一会儿呆。生活需要整理。生活的种种，围困着我，工作的、家庭的、交际的，都需要花费时间和精力，使我无法安静下来，愉悦地、轻松地去写作，去画画，去做想做的事情。生活的习惯或细节困扰着我，它们无孔不入恶作剧般影响着肉体的和精神的我使我不得不抽身出来无奈而焦躁地应对它们。我很想不在乎它们，我想唯有如此才能显得我更加强大。又或者，我得做一个善于整理的人，把一切困扰我的事物都整理得井井有条。我幻想请一位秘书帮我打理一切。

读　书

有些书并不好看却有意义，这些书需要你深入其中不然很难领会书中的精髓。有些书好看，看过就看过了意义却不大，这样的书可以随便翻翻最好不要去读。好的书读进去总归是有难度的，就像你要和一个智者交流，真正的智者难以见到，见到了他也板着脸让你紧张不安。你不要因此知难而退，那等于是错过了使自己长进和变化的机会。读书的目的之一应是"站得高，看得远"，有些书就像高大的山你得爬上去。爬上去得花时间和精力，相当不容易。很多人望而生畏，很多人半途而废，因此很多人一辈子没出息。读书，读好书使人变得与众不同。

译　著

　　虽是译过来的，看契诃夫、芥川龙之介、卡夫卡、奈保尔、胡安·鲁尔福、布鲁诺·舒尔茨、尤瑟纳尔等一些作家的小说你还是能感受到什么叫好小说、好作家。好作家享有高端的创造性的语言，他们写作的真正目的并非给某物命名创造另一个世界，而是给有可能存在、已存在过的以生命和意义，使其融入普遍的人类的存在的真义。语言是思想的情感的哲学的人生的，是作家对世界的认知与创造的可能性的体现，因此译者所做的工作不仅仅是一种语言的转换。我们之所以喜欢一些经典译著不仅仅是因为对方的"语言"好，还因为对方通过叙述唤醒了我们共同的回忆使我们产生了共鸣。译著所传达的是叙述者生命里的潜意识的持续生长和变化，是他有能力表现好这个世界的信心，是他所创作的主题中一种难以言说的魅力。

匆　匆

　　我常想用十分钟，顶多半个钟头的时间写一篇小文章，就像与想象中的好友见面聊一会儿或打个电话聊一会儿。我知道通常是可以不写，但有时还是匆匆地写了。匆匆地写，匆匆发布，被匆匆浏览，如心无城府的人不在意被他人瞧不起。一年中我写了二百余篇短文约有十万字，每一篇都不长。许多时我是一杯咖啡没有喝完就写成了，有时一连写几篇。那样的写作谈不上有多大的快感更谈不上有成就感，然而那毕竟也是在写。对于一个写作者来说在写便是在继续着他的文学之旅。由于各种原因，从时间与精力上我近两年几乎是没有办法多写一些中短篇小说的，更别谈一直想写的长篇。我怕自己荒废下去所以我逼迫着自己写。匆匆地写，匆匆地发布，也不管别人看不看，喜欢不喜欢，似乎匆匆地发布出去是对自己有个交代。每次发布所写的短文就觉得对熟悉的和陌生的，对茫茫人海中的每个人发了声说了话。写或说是孤独和寂寞的表现，那种表现透着一个人生命中真实的经历或想法。这是一种对抗，因生命有个"沙漏"，每一天都在少一些，这是对抗有限，对抗现实，也是渴望永恒，渴望精神的流淌、呈现、存在。我知道这种匆匆的写与发在这加速度前行的时代里几乎是无效的，但我还是愿意继续那样去写。终究我是在对抗着自己，渴望着通过文字有另一种活法。这时代中人的特点是"匆匆"，有可能的话我愿慢一些再慢一些，慢一些去生活，去阅读，去写作。

自 在

　　人不执着难做成事业取得成就，太过执着则过分看重了追求的东西变得偏执少了境界。人要有境界才能得自在，享有自在者才是真正富有的人。人的境界应是与天地、自然、宇宙、苍穹融为一体。他能享有身外之物，像人们想象的神仙那样生活。有的人会觉得所在大都市是大的，还会觉得中国是大的，世界是大的，但地球在宇宙中也不过是一粒尘埃。想见这种存在，人便不会对他人过于傲慢，便会活得更明白通达一些。想见这种存在，人便不会太在意得与失，不会像动物那样活着，活得缺少了人可以有的智慧。人类也应该相信那种"上帝"一般的、令人敬畏的、看不见摸不着的，但能感应得到的"存在"。有敬畏心大体是好的，对于智者来说有敬畏可以使他的生命有方向，对于生和死都不会太过在意。人都有活着的努力的方向，但有的人目光短浅一些，有的人则长远一些，目光短浅一些的就缺少一些境界，长远一些的就有了境界。庄子和老子都是有境界的人也是享自在的人，孔子相对就差一些，他就不是那么自在。人有了盲目的比较便有了功利的思想，有了扭曲变形的情感，有了混乱的价值观，人便是不自在的。对于一个人来说能感受到自在，能让别人自在，那种活法尤其可贵。

感　言

　　一年中许多个节日之外还有唯独属于自己的便是生日。小孩子喜欢过生日，因为有蛋糕吃是件好事，又长了一岁也是件好事。大人就不怎么喜欢，蛋糕对他没有了吸引力，过次生日就老了一岁。但人生需要仪式证明自己活得有板有眼有声有色有些意思，因此生日还是要过。以前过生日时我往往到书店购书以庆祝，也会写下一些文字回顾过去展望未来，可以称之为生日感言。现在只希望生日不存在，年龄也不要增加，最好不被谁记得，省得清楚又长了一岁。不过被人记得总归还是件高兴的事，人应为又活过了一年高兴，这意味着活得还算平安健康。每年到了农历十一月二十七日这天是我的生日，来到城里之后母亲会提前几天打电话提醒我为自己过生日，要吃长寿面要吃鸡蛋。母亲喜欢夸张，有时会强调再三，要求我多吃几个。我现在还不太清楚过生日为什么要吃鸡蛋，大约是让灾祸滚走，让好运滚来的意思吧。在城市里大家都在过着阳历很少记得农历，生日却多是按农历来算，可我也只记得快要过生日了，并不会记得究竟哪一天过，如不是提醒我还真就忘记了。在我的第四十三个生日我感叹能活过四十岁是件值得庆幸的事。因为很多挺有才华或天才的人如卡夫卡、芥川龙之介、海子、梵高等早早就走了，我比他们幸运，还活在人世间。在写作上我算不上有大才华更谈不上有天才。我不过是在努力地去写可也没有像路遥先生那样不要命地去写。在写作上我也算不上有大的成就，不过是写了一些小说出过几本书。人到中年上有老下有小的现实以及在大城市中生存和发展的压力都会令我焦虑，举步维艰。我不够强大到对现实中的人事不屑一顾一味钻到书中或写作中去。我亦深知写作向作家提出近乎苛刻的条件，如不能满足便很难写出个样子来，成为一位作家尤其是成为一位优秀的作家并不容易。生活的安稳，身体的健康，知识的积累，个人的修养，精神的丰富，对社会与人的深入认识等等缺一不可。对照已然功成名就的古今中外的那些大家我尤其感到沉重，感到自己写作的前途不容乐观。我自然也知道人生还有其他意义可以探究追寻，人也可以生活得轻松快活一些，但我却不能那样去活着。如今我像那位神话中推着石头上山的西西弗斯一样每一天都在奋力地推着什么到山上去，然后又会和石头一起回到山下，第二日继续重复着前一日的活动，疲惫且无望。许多人大约也一样，但也正是因为这样我们的世界才是活动着的，变化着的，尽管那变化有时也会呈现不好的局面，然而这总胜过世界一片沉寂与荒芜。继续着，便是好的。对于爱写作的人，继续写着便是好的。有时我设想自己生出翅膀，从沉重的大地上哗地飞起来一鸣惊人。然而我也只能从地面上跳起来，跳到一个有限的高度显得滑稽可笑；只能奔跑起来，比平时走路快上一些，一会儿便气喘如牛；只能朝着山巅爬去一直到自己老得爬不动为止——但积极向上的人生，总归是值得肯定的。

预　言

与一个人初识会产生某种感觉：这个人不值得交，或这个人有可能成为朋友；这种先入为主的感受有一定的道理，却未必正确。人不是神可以预言一个人将来怎么样。神是人想象出来的比人更智慧更强大的存在，其实也是人的化身。神洞悉人的一切，人在想象神的时候似乎便有了既定的命运，在既定的命运中无论多么严正端庄的人生，皆如同一场游戏。在希腊神话中，神预言俄狄浦斯将弑父娶母。身为国王的父亲命侍臣杀死儿子，侍臣不忍，弃于山林，被一牧羊人抱回，被没有儿子的另一位国王收养。俄狄浦斯长大后听到一位醉汉说到自己的命运，便离开收养他的国家四处流浪，没想到还是遇到了微服私访的国王，混乱中将其杀死。俄狄浦斯猜中狮身、人面、生翅的妖怪斯芬克斯的谜底并将其杀死而成为国王，娶了身为皇后的母亲。明白真相后，皇后自杀，俄狄浦斯也自刎双目，离开皇宫，在四处行乞中死去。这悲剧的产生源于预言的恶作剧，源于影响的焦虑。预言是迷信，预言家是居心叵测的恶人。但人有意无意间常常成了自己或别人的预言家。文学的作用之一便是反抗命运，破解命运的魔咒，自知而知人。

期　待

　　二月的最后一天，然后就进入三月份。这些日子我一篇小说也没有写，倒是写了几篇小短文，几乎没有意义。我不知何时才能进入小说创作。创作真是一件难事，它对我要求太多。时间的悠闲，心态的放松，体力的充沛，精神的焕发，不被琐事干扰，等等。啊，我现在又怎么能满足于小说创作的种种条件呢？创造，对于创造者来说过于苛刻了。我想过强迫自己去写小说，但总是有心无力，行动不起来。我拿自己没有一丝一毫的办法，似乎我就是一个不可一世的懒惰帝王，没有谁可以命令我就连自己也不行。我知道对于平凡而简单，快乐而稍嫌盲目者来说，我写与不写于他们没有多大关系。即使对于写作同道来说大约也是如此。谈不上有几位真正的读者会期待我写出来，会为我不能写小说而着急。我期待着能回到写小说的状态。

迷　惘

　　我能随意就写出一首还能发表、还能阅读的诗歌，但那并不是我想要的。我知道真正的诗人有着较深的、对诗的投入，以自己的生命和灵魂投注进去，以自由而虔诚之心与那不可见之对话，并获得源源不断的灵感。我缺少那样可以投入到诗歌这一伟大事业的激情与生命力，对自己写出好诗缺少自信。我是迷惘的，仿佛沉重烦琐的生活造成了我的迷惘。我能写出一般意义上的诗。一般意义上的诗不过是语言的流水浇灌到生活与生命感受的田野。我对写出那样的诗自然不满意。但我有时会写一写，并不是因为来了感觉，而是想证明自己可以写，并以此得到些许的安慰。这并不是我的方向，我几乎失去了方向。不，我认定了自己的方向是小说。

瓶　颈

与此类似的文字段落或者一个主题，我可以用十分钟就写好。就像自言自语，就像对朋友说话。其实我很想和一个智者聊一聊，他可能是老子，或是尼采，请他们帮我分析一下我之现状，为我指点迷津。我遇到了瓶颈。这瓶颈是写作的，也可以看作是人生的，生活的，因为它们与写作，与我是一个难以分割的整体。我想提高自己，从质上有理想变化。我不想重复，写那些无意义的东西。在过去的两三年中，我写过一些不满意的小说，期待着有所突破。如何从三维空间进入四维呢？几乎找不到出路。我知道有不少人写一辈子，往往不是越写越好，而是越写越差。我知道很多作家倾其一生所创作的东西不过是一堆看上去华丽的垃圾。当我写到这儿的时候，头脑中冒出这两个句子：去阅读；继续写下去。我不能总是思考瓶颈的问题，如果说写作也有命运，应积极去与那命运抗争。

继　续

我用了不到二十分钟的时间，写了三个主题，这是第四篇。我想到"继续"这个词。啊，一切正在继续，在时间里，在空间里的我的生命灵魂，我的存在的一切可能形式。我正在与自己对话，写下一些随想。我在并不大的工作室里，运用时间，虽然写下的这些文字勉强可以称之为"小短文"，并没有太大的意义，但人生的意义何以处处彰显到令人兴奋不已？应满足，甚至应理解现在的自己。停下思考和写作吧，躺在沙发上休息一下。无论如何，一切仍在继续。

发　现

看了两场电影。一个让我开心地笑，也有感动。另一个让我感到沉重，也有感动。不能说那样的电影不能成为经典就没有意义。对于观影者的我来说，我享受那样开心的、感动的、沉重的时光。过一段时间，我或许会全然忘却了所看的内容，甚至现在让我复述也已经有些困难，但它们还是有意义。文学作品也一样，并不能总是朝着经典的、让人过目不忘的方向去写，那样无疑是在难为自己。也不必总是看经典作品，那不利于建立写作上的自信。要感谢那些写得尚不是太好的人，正是他们鼓励着我，可能还有不少写作者，能够继续写下去。我为能有这样的发现而忧伤。

固　执

我为自己而写，很多时候是这样。这究竟对不对？我应考虑读者，但我又该如何去考虑呢？去迎合吗？去欺骗吗？过去我几乎相信自己有能力迎合或欺骗读者并获得名与利，但却没能那样去做，何故？我终究有些天真地相信，读者终会认识到什么是真正对他们有意义的作品。我过于乐观和诚恳了，却又有着自己的固执。如果给我一生享用不尽的荣华富贵，而让我放弃写作，我虽心动，却不会答应。

认　识

　　保罗说:"看得见的东西是被看不见的东西主宰的。"人类社会建立在理性的基础上,它构成人心灵与精神的投影但并不是全部。物质世界并不能满足于人对精神的需要。人类文明发展到以实证科学指导一切,影响一切的今天,科学技术的广泛运用在加速改造世界。人们被动或主动附和并投入其中,作家却认识到——那是把人引向另一种野蛮的现象,尽管其形式是积极向上的,是精密严谨的。他会认识到那是一种最新形式的野蛮,较之以前的野蛮更为强盛与可怕,定然是在加速人类的消亡。试想,智能机器人如果代替了人类,物质的如果取消了灵性的,人类的存在还有何意义?有一天把一个人放到由人类的智慧与创造所营造的环境,他会感到那是他想象中的天堂或人间,那是他想要过的生活吗?作家与大众调情又与上帝对话,他要创造人间与天堂之间的另一个世界,让生者与逝者皆可在其中喘息。

导　体

　　木心先生说："一个没有文化的富国，等于肥胖的白痴。"世界上的文明的国家和民族常常可以由几位作家的名字所代表，正如当我们说起莎士比亚、塞万提斯、托尔斯泰、巴尔扎克，就等于说：英国、西班牙、俄罗斯、法国。那些伟大的名字让我想到的不仅仅是一个民族，一个国家，不仅是那一些令人赞叹的经典名著，还会使我想到他们是有创造的生命代表，他们对人类大有意义。每个人意味着每个人，他们永远具有现实意义，因为生命在本质上是可以传递的，而他们是电流的、光波的导体。

意　图

　　世界的变化所引起的焦虑，永远在无声地摇动着人们的意志。人对许多已有的价值产生怀疑，因为变化的一切给人提供便利的同时也在威胁着人们的精神生活以及个人价值。人们想得到的东西却不能拥有，如同感受到自身存在的某种空缺，便想着倾其一生填补。人生只有一次的强烈感觉占据着每一个人，因此人要创造，反抗命运，追求永恒。对于人类而言有种什么东西来自于宇宙的意图？人的内心能找到什么，并可以让人预见并说明自己的存在，在天地之间，在茫茫宇宙？人是肉体的和灵智的，物质的和精神的，理性的和感性的——创造和享有，获得与失去，痛并快乐着的一种整体性的存在。人要永远寻找外形之下的力量，去行动，去思考，去成就，去改变，让人类的世界在他的身后与从前不一样。人的意图，相对于无形的上帝来说——永远止息。

男　人

　　最初的，或想象中的男人都如耶稣，像爱着世人一般，爱着所有的女人——那令他痛苦的，肋骨一样的女人，是他身体灵魂的部分。但他会膨胀的孤独证明爱的盲目源于最初的爱欲的纯粹。进化的人性贴着道德与文明的标签，四处兜售着变形的、扭曲的性爱观念，而否定男人纯粹的本性。不只是女人改变了男人，是相互敌视的男人与女人相互影响和作用于看得见的、看不见的男人和女人。因此男人是女人的儿子，是父亲，是情人，是丈夫，是正人君子，也可能是骗子，是无赖，是流氓，是恶棍，是烂泥扶不到墙上去。纯粹的美需要艺术的、率真的理解，但不要试图让生活化了的女人去包容，她们早已被赤裸裸的、强盛的物质世界，以及隐蔽的、各种冠冕堂皇的说教所改变。女人给予男人的孤独胜于男人自身的孤独，因此说女人中缺少智慧而感性的人，真正智慧而感性的人应该像男人追求女人一样去追求男人。爱欲令男人绝望，但男人还是会渴望触摸女人充满光泽的肌肤，试图发现她有一颗真正如宝石般珍贵并值得爱的心。女人的美令男人有着孩子般的感动，但男人像蝾螈一样会吞下女人这条美丽的蛇。这就是男人对女人最坦诚的爱。事实上，男人一直想把女人装回身体里生命中去，这是种令男人感动的，他们的幻想。男人如有机会与女人亲热，应以全身心祝福她快乐幸福。

电　流

有人话多，相信自己说过的每一句话都是真理。他夸夸其谈得令你疲惫、厌烦，因为你感到他在无情地浪费你的时间精力，影响你内心的清净、精神的纯粹。你面对他却不能不听，不被干扰。因为他是你的朋友，你至少应该表现出乐于聆听的架势，不然便是没有教养。我越来越不想去参加无聊的聚会，不想去见夸夸其谈的人。在那样的聚会上，那些口若悬河的人以喋喋不休的方式，在吸取我生命中的精华。我也喜欢对别人说话，幸好话不多。我对别人说话时会感到不好意思，那种潜在的心理产生于我怀疑自己的话是真理，担心是否令人讨厌。我希望遇到喜欢、真心乐意聆听我说话的人，我以我的电流充实对方，对方也有相应的电流回馈，彼此都会充满激情和力量。我和最好的朋友在一起希望彼此沉默，在一起翻翻书，喝喝茶，消磨时光，那样胜过开口说话。有些话说出来总是令人空虚。有些话也并不能代表生命的真实。有时你不清楚究竟想表达什么，你只是喜欢着某人，想和他待在一起。因为你们是有电流的人，见面等于是通上了电，你们所待着的空间会是明亮的，和灰黑一片的别处不同。你们的交流会是愉悦的，幸福的。可悲的是，在人际交往中，夸夸其谈的人总是占了上风。

笑　对

人有灵，是承载着他者的灵。人有智，是向外界学习，自身修习的结果。有智的人生是充实、快乐、幸福，往往也是有成就的一生。智通往灵，为那承载着他者，也可以称之为"大灵魂"的那种难以说清，但能感受到的天堂一样的存在添砖加瓦。归根结底人一生不只是为自己，为自己的仅是很小很小一部分，主要是为着他者的存在而存在。因此人应该活得放达一些，得啊失啊都不必太在意，吃亏占光也不必在意。所有执着，在将来的人看来，都会显得可笑。人往往会笑别人，很少笑自己。人也有苦笑的时候，在笑自己，在自嘲，多半也是基于无奈，失望。人多数都活在有限之中，只有少数的人才真正"看透"了，能够从容不迫地笑对人生，笑对一切。

状　态

　　我不满意自己的状态，总觉得工作烦琐，生活沉重，写作不顺。我渴望不用工作，不承受生活的压力，把所有时间与精力都用于写作。我过于理想化了，那不切实际。退一步讲，于我而言，能快乐生活着，工作着，写着，画着，便是好的。何必妄求什么？又何必在意什么？我能享有着一些自由与孤独，又有着方向和努力，这已是胜却了许多人的状态。至于成就大的名，享有更丰富的人生，可以不做过多的设想。人应当在顺应自然的基础上，保持着良好的状态。状态，近乎人生的全面呈现。

做　事

　　人通常会在烦恼与胡思乱想中浪费了许多光阴，最终一事无成。有的人，会经历漫长的这样的，患得患失的阶段。

这很要命。人是看不透，也想不通的，所谓的变成一个"通透"的人，那不过是一个人变得平庸的代名字。人要思考自己是谁，但最重要的是要用行动去证明自己是谁。一个真正聪明的人，他得投入地，继续做想做的事。没有什么比做事更重要的了。

痛　苦

你看不清，只能感受时代的加速旋转式的变化，繁华昌盛的大都市如无形的大山压在人们孱弱的肉体与精神上，令人破碎成为泡沫。那破碎的，正被有意无意间每个人的无力所掩盖。太平盛世，人们向钱看，在钱所能购买的幸福与快乐中渐渐忘记了自己，似乎心甘情愿地活在假象中。人们越来越快乐，越来越幸福，人们宁愿相信是这样。人们赋予物质神圣的光芒，而那光芒如同大都市的万家灯火一派祥和，使人忘记了每个人还拥有太阳。我的痛苦正在僵化成一张张同质化的脸庞，而我的脸上很少再有笑容。我试图用写作来抵御那种无形的痛苦，而令我痛苦的是，真正的读者却越来越少。写作者中有很多聪明的也已沦为骗子，他们成名成家，大红大紫，仿佛在这样相互欺骗的、无知的时代中理所应当。我的痛苦在每个人看来都微不足道，不值一提。以至于我也开始怀疑，我的痛苦是一种假象。

向　上

　　如同爬一座高大的山，现在还在半山腰上。要上去，只能继续向前。有时我想，为何一定要爬到山巅上去呢？高处不胜寒，何必呢？但，无限风光在峰顶，我还是想要看到那好风景。我不想要过于平凡地活着，如果我想，那烦恼与痛苦就会少一些，也会轻松一些。可我想看那高处的风景。人生只有一次，那高处，在我的认识中确实值得去。我的理想与追求，便是写作，写作是一条曲曲折折的、充满荆棘的、无比漫长的山路。有的人死在路上，有的人穷其一生也没能在山顶上看到别样的风光。我不知自己的将来如何，有时信心满满的，觉得自己可以，有时却又焦虑不安，怀疑自己。人的一生如何，除了个人的决心和努力，大约还与一次次的选择与成就的条件有关。我思考自己的过去现在，想象着将来，并不乐观。不乐观的原因似乎在于，我并不聪明，对自己也缺少更深入的认识，个性也不够强毅，过于情绪化，在现实中，以及在精神上负担过重。现在的我深深感受到，每向前一步都非常艰难。我无法放弃身上的重担，也不甘心就此停下来，安于生活。目标已是高远难以到达，此时又是身心俱疲，有时难免会有种绝望之感。虽说退一步天地宽，可我又怎能做到"退一步"？有时会感到难以承受，有时会觉得千难万难都应该克服。事实上,真正在峰顶的人少之又少,人上去了也会很孤独,甚至很无趣。因为你的朋友,以及你的亲人,都还在山下或山腰上呢。然而,你真正的朋友和亲人,他们愿意仰望在高处的你啊,就仿佛你的身上有着他们的希望,他们的精神。我别无选择,只能向上走去。

喝 酒

我不怎么能喝,有时却很想喝点儿。想喝也不一定非得有理由,就是想喝。想喝也不一定非得喝,我经常有想喝点儿的想法,并不真喝。通常我喜欢喝点儿红酒,一个人喝的时候多,一般都是半杯,通常是晚上入睡前,据说那更有利于甘美地入睡。我的睡眠质量一直不错,是不需要在酒的作用下入睡的,我还是喜欢喝点的感觉。人活着需要找点感觉,例如写作,听音乐,喝酒可以带来一些。白酒、啤酒、洋酒都不怎么喜欢。我是个柔和的人,骨子里喜欢点优雅的东西,生活虽说有点邋遢,精神上还是渴望些品质,红酒颇能对应我这样的人。我不太喜欢自己,总觉得自己活得不够味,不像喝白酒的,那么辣口,一口就可以光了;也不像喝啤酒的,一瓶光了又接上一瓶;喝洋酒的,我更理解不了,那味道我也接受不了。可能是没习惯,一切习惯了也就能品出味儿来了。不管什么酒,看到别人一杯一杯地喝,我为他们感到痛快和舒畅。我不太爱喝，也不能喝多。喝多了会吐，吐过几回，知道那翻江倒海的滋味不好受，便长了记性似的，再不愿意多喝了。有时我会想到，有着各种压力的人可能会喜欢并依赖上酒，喝得半醉，全醉，可以达到忘忧的目的。我的身边有几位好酒的文友，他们是喜欢喝的，像是有了瘾，不喝难受。我感觉他们比我更像男人。红酒大约是适合女人喝的，我喜欢红酒，就像生命里住着一个女人。我不太喜欢那样的自己，因为那样活着不够痛快。我总不太喜欢别人喝大了，主要是担心他们身体，或回去的路上出问题。喝大了是一种什么感觉呢？真的可以把一切烦恼都放下，在醉意中体验到活着的自由畅快吗？有时我真想喝大一回。晚上我打算喝点儿，有可能是红酒，有可能是白酒。

状　态

与家人在一起的时光是幸福快乐的，似乎那才是真正的生活。然而，有很多时间我都是一个人度过的，我在工作室里享受着阅读与写作，也似乎在承受着阅读与写作，因为那就是一个写作者通常要有的状态。事实上，近几年我并没有进入真正理想的写作状态，可以写出自己想要的东西。我缺少好的状态。造成这种局面的原因有多方面，一是生活工作上的琐事干扰太多，二是体力与精力不如以前，或者没有调整好，另外，由于精神上不够自由，人也渐渐地变得缺少了创造的激情，写作变得更像是一种习惯。傻子的状态似乎永远是好的，他们无知无畏，不用想事也不用刻意去做什么。写作者要有傻子的状态才好，但写作者很难假设自己像傻子一样去写，因为他会变得越来越聪明成熟。很多人到了中年就写不下去了，常常是因为他不再像以前那样简单而富有激情了。

激　情

对什么都好奇的孩子，总是激情满满的，世界永远向孩子张开怀抱，呈现出笑脸。不是世界如此，是他们总是张开怀抱，笑迎一切。他们贪婪地吸收着一切事物的形状、色彩、味道，并有意无意间试图把一切联系在一起，构成他的小世界。写作者也试图用语言文字构建他的纸上世界，那属于精神世界并将作用于读者的写作，足以耗尽作家的一生，他有再多的激情也无法满足于写作对他的需要。一个缺少了生活与创造激情的人，基本上是无法进行写作的。如果一个作家缺少了激情，他该怎么调整自己呢？他应该去跑步，去四处走走，去深入生活，去与人交流。他应该深入阅读，选择更有难度的写作。甚至，他也可以试着犯一些能承受的错误。

错　误

　　没有从不犯错的人，只有少犯错误的人。通常，总是正确的人在过着几乎是无趣的，也是无聊的人生。因为只有犯下的错误才令人印象深刻，才会有助于人反思自己，不断进步。这样的道理一定有人说过了，我之所以重复是因为最近想犯一些错误却不知如何去犯。我们通常理解和包容孩子犯下的错，但对于一个成年人，我们往往不会容忍，这对于成年人是极不公平的，尤其对于那些对于总是做正确的事感到厌倦的人来说更是如此。我鼓励老实人去犯一些错误，例如去反对、反抗那些总是欺负他们的人，即使和他们吵起来，打起来的结果对自己是不利的。凭什么总是让别人犯错误，而自己不去犯呢？再说，从综合方面来考量，有些错误的，未必一定是错误的。

欲　望

　　有位朋友说，我看了你的小说，你写了男人对女人的欲望，别人看了会不会觉得是你的内心的写照？你把这样的东西给人看会不会太坦荡了？我说，我渴求人性的真相，冒了风险把灵魂敞开来给读者，这是因为我的渴望正如众人的渴望，因为我要给人的欲求正名，以便人活得更加明净正常。正确地看待人的欲望有助于还原人相互遮蔽的真实，使人与之间相互敬重友爱。人有权获得合理的欲望满足，并得到别人的理解。他的欲望必然要从现实出发，以爱的形式使灵魂得到升华，这是有着各种欲望的人的出路。在欲望面前，越来越多的人感受到越来越深重的绝望感，小说的作用之一大约可以减缓人的绝望感，使人客观地看待自己与他人的欲望。一个人如果一味掩饰自己，蔑视和诋毁别人的正常欲望，他才是不道德的，甚至是罪恶的。

情　人

　　我幻想有一位像童话故事中田螺姑娘式的情人，可以招之即来，挥之即去，只是一味对我无私奉献，却不对我有任何要求。由于我拥有那样不切实际的想法，我不配拥有情人。不过，我会被电视剧中无条件地爱着一个人的人而感动得流泪，尽管她或他是一个十恶不赦的坏人。看来爱情的力量不可小觑，足以给人的灵魂来一场华丽的洗礼。一个正常的人，没有谁不渴望激越人心的爱情。不过，所有的爱都有条件，至少会期待对方为自己付出，爱自己，这已是亵渎了爱的纯粹、自己的需要。

爱与性

　　作家对性与爱缺少认识，笔下人物则变得肮脏不堪，虚假堕落而无出路。写到性，许多作家会绕道而行，因为在庸俗观念中，不少读者把对性的描写与爱脱离开来，强调感官刺激带给人的作用，忽略爱对性的升华，对人性的升华，会对作家造成误读。事实上，作家写到性与爱，不仅是想要给读者带来生理上的，重要的是带给人精神上的纯粹感，最终呈现人性的真相与光芒。人对性有种动物式的渴求，又有着人的情感与理性。性的发生不美不丑，是自然行为，人则是以道德标准去怀疑性的正当性，以为那是丑陋堕落的。人在心里把自己当成了别人的主宰，认为除自己参与之外的性与爱都是不正当的。爱是两性关系的弥合剂，使性的发生具有人性的光芒，变得合情合理。事实上，爱不一定是唯一的，那种道德上的约束强加在性与爱的关系上是反人性的。人性是自然而自私的，谁也没办法改变性与爱的自然自私的本质，只能从理性上更客观地去看待爱与性。人不是动物而又有动物性的一面，人不是神也具有神性的一面。人在对性与爱的不断克制与满足中寻求圆满人生，好在人都会死的，死亡终结人对爱与性的困惑。不要用死板的道德的评价标准去评价别人的行为，那是不道德的。对于那些谈到别人的艳情逸事就压低了声音，眯上眼睛，意淫和嘲弄别人的人，你要厌恶地转身离开，因为他们才是猥亵无耻之人。

两　性

尤瑟纳尔在《苦炼》中写道："这个年老的男人朝她的肩头俯下身来，抚摸她的乳房，他做爱的方式似乎像在祝福。"我读到这一段话时是感动的。做爱如祝福，我认同这种表述，而我认识到的两性是相互之间的不信任，不理解，不妥协的无休无止的纠缠，仿佛每个人都在索取而非奉献，活得物化而无灵魂。如果女人一直处于被男人侵占的心理暗示中，则会觉得男人追求她们不过是为了满足自己肮脏的欲望，而否认男人想给予她们快乐与幸福的渴望。女人对男人一直存在着偏见与误解，而这令男人无形中变得无耻而猥琐。女人很难认识和理解男人对她们的爱，长久以来，男人和女人都是被社会和传统观念异化的动物。文学作品中给予婚姻内出轨的人以相应的理解和同情，但通常他们的结局并不是太好。作家不是冠冕堂皇的道德家，他们尊重人内心的渴求，主张人能克制是好的，但克制的男女之间不产生肉体与灵魂撞击时所产生的火花。恶意评议别人的私生活相当不道德，那使男人变得无耻，女人变得淫荡，事实上别人两情相悦走在一起，如果你是一个纯粹的、有素质的人，应当祝福别人。

名　字

一个名字，对应着一个人。有的人重名，但熟悉他们的人却也不会把他们当成另一个人。名字，是人的一个符号、称谓。许多年后，一个人的名字仅仅只代表着他的过去，而他过去的存在已然融入一个人类生存与发展的整体。整个人类的存在在宇宙间也是相当渺小的，可人在人的世界中总会有优劣分别，有不同等级。那只不过是每个人活着时的状态。对于已然失去生命的个人来说，那已然不再重要。活着时意识到自己灵魂之在的人，总归是要想活出生命之外的精彩来。到头来看，那也不过是一种虚妄的活法。

庸　常

很多人认为中庸之道适合自己，因为大家生活在这样的社会大环境中，守本分一样守着中庸之道，大家才能都舒服。反之则会被称为离经叛道，遭到大家反对。那些人克制而隐忍着自己的本性冲动，活得像圣贤先哲而不是自己。那些人庸常，然而他们后来不得不习惯于庸常。他们或许有一天会觉得自己是在自欺欺人地活着，但通常他们再也无力改变什么。人，有时通过做一些出格的事来试图逃离现实以及庸常。出格则意味着挑战古已有之的东西，如果不能有能力和好运气成就一番事业让人无话可说，余生则会在别人的嘲讽与打压之下再也抬不起头来。当人抬起头看无尽天空时，他能想清楚一些自己究竟该怎么去活吗？对于一个骨子里变得庸常的人来说，他是没有任何出路的。但对于那些渴望真正地活着的人，他们总有办法通过什么方式让自己飞起来。不管以什么样的方式飞起来，对于认为只能靠双脚走路的人来说，你都是出格。不出格，怎能不庸常？

致　富

有人向我说起一些当红的网络作家年收入上亿时，有意无意间想听听我这位纯文学写作者的看法。我的回答是，那是两种不同的写作，并不能说网络作家赚了钱，纯文学作家也应该像他们那样去写。我还是坚持写读者不多也赚不来太多稿费的文章，这不是脑子有毛病，而是人各有志。我不是没有想象过靠写作飞黄腾达，当我清楚那不适合自己之后便放弃了。我想写的那些东西对于我来说才是重要的，正如那些适合过着垃圾般精神生活的人认为一些充满欺骗与刺激的垃圾文字是重要的。确实，当下很多人需要欺骗与刺激才能感受到人生的一些美好，而纯文学则让人清醒地认识自己和现实，这会令人痛苦，甚至是绝望。不是作家刻意给人过不去，而是他坚定地认为那才有利于人反思。

反　思

多年来我有记日记的习惯，这两年我以写短文的形式记下我的所思所想所感，还常把自己写下的那些文字与大家分享，我之所以这么做是为了什么呢？在日常生活中我有许多个为什么等着我，需要我给出一个答案。答案自然是有的，但似乎永远只是表面的答案。正如人生没有绝对的答案一样，人的所作所为也不一定非得有答案。我以为人在日常中所要的不一定是答案，而是一种思考的状态。反思是有必要的，尤其是一个写作者，这有利于接近他想要的状态。我想要的是什么呢？就写作而言，简单地说是写下去的状态。事实上，我所写的文字别人喜欢与否并不是那么重要，对于我来说，我需要这样写下去，需要这样通过写来寻找一些自己想要的东西，如此而已。我想要的是什么呢？有时一说就错。

说　话

　　我相当不愿意当着众人的面说什么，我说不好原因，但总觉得自己说什么都有可能是错的，会被别人笑。有这样的感受很要命，因为我很难通过讲座来增加收入，也不利于我通过精彩的演讲赢得一些听众的好感。有人很擅长说话，说得天花乱坠，头头是道，我很佩服，但我不是那样的人。我幻想过可以当众滔滔不绝地说话，且掌声不时响起来，我甚至相信自己有那样的能力，但那样做对于我来说是危险的。因为那样对别人说话在我看来是不负责的，带有一种欺骗色彩。我这样认为也是不对的，但感受如此。向人开口说话对于我来说如同把灵魂敞开来给别人看，这自然是危险的，因为聪明的人一般不会那样做。写作大约也如同说话，但毕竟有一个"虚构"的幌子。事实上，当别人称呼我为作家的时候我也不太喜欢，仿佛是被谁侮辱了一样。在任何时代，任何人面前敞开自己都是危险的，因为人在人群中似乎只适合戴着面具生活。对于一位作家来说，他能起个笔名是好的，笔名也是作家的面具。大约只有孩子和上帝才不戴面具。

深　入

我想，思考可以再深入一些。写作也需要如此。只有深入才有贯穿一切的可能，才能更好地抵达和接近存在的真相。我想象可以写一部深入人性的长篇巨著，那长篇如水蜜桃般汁水饱满，色味俱佳，让人享之难忘。那么，我的目的或方向是什么呢？我想应该是给予读者一种体会写作艺术的可能，使之认识到生命确实需要向内挖掘，透过自我而到达宇宙的每一个时空，且在他还能活着的时候看到生命消失之后的奇幻存在。我总感到，许多人已替我活过而我又在替别人活着，人的一生便是一个深入发现什么的过程。

胃　病

前几年胃出了问题，做过一次胃镜，吃了药，好了，并没有引起重视，依然是吃饭很快速，还经常不按时吃饭。近半年来，肝部和胃部又开始隐隐胀痛。我怀疑是肝脏出了问题，去年体检时说是有些脂肪肝。但是，查了，脂肪肝也没有了。我怀疑过是胃的问题，但做胃镜特别痛苦，而且需要预约，挺麻烦，就一直拖着没去，侥幸地设想通过调节饮食，可以好起来。一段时间后总不见好，只好去做胃镜。管子插进胃里的感觉，痛苦不说，心里也不安得很。如果得了胃癌怎么办呢，上有老下有小的，病不起，也死不起啊。照的结果是慢性胃炎，有些严重，但还是松了口气。医生开了药，吩咐我注意事项，说暂时不要吃粗粮，难以消化，不要吃太热的东西，容易伤着胃。回到家，我吃饭的速度慢下来，有意慢下来。我是个急性子，这一慢下来才发现，饭菜本该慢慢享用，而我从小到大似乎从未曾认真用心地吃过一顿饭，每一次都是狼吞虎咽，每一次都没把吃饭当成一回事儿。从来都在忙着工作和写作，不曾认真思考过该如何享受生活，哪怕是用心吃顿饭。人都知道身体重要，想在意身体，不让身体出大毛病，但烟还是一根根地抽，酒还是一场场地喝，夜还是不断地熬，饭还是不按时吃，疲惫不堪时还是会咬牙坚持，成天想着锻炼却还是动不起来。直到有一天住了院才后悔，有的连后悔的机会也没有了。是什么力量让人身不由己地去糟蹋身体还无法自制呢？是欲望，也是习惯，还有一种是，侥幸心理。

初　心

朋友说，给你一个亿让你不要写了，愿意吗？我毫不犹豫地说，不愿意。朋友说，如果是美元呢？我摇摇头，仍然说，不愿意。朋友说，如果是真的呢？我笑了笑说，不愿意。朋友说，你仔细想一想，当你有一亿美元时你就可以游山玩水，吃香的喝辣的，不仅你，还有你的家人都会过得很安逸啊——写作真的对你那么重要吗？我说，是的，失去了写作，我会觉得灵魂失去了既定的方向。朋友试图说服我，他说，你可以培养自己别的爱好啊，例如绘画，你不是也挺喜欢吗？我想了想说，我知道有人出卖了爱情也可以再找一个伴侣，有人出卖了朋友一样可以再有别的人做朋友，甚至一个人出卖了灵魂还可以在忏悔中获得安慰，但我不想那样。我清楚往往是人在放弃自我之后才获得了更多的好处，坚守自我的人则处处碰壁，甚至在将来也一事无成，而且我也清楚，再努力去写也不见得能有多么大的成就，但我还是愿意继续写下去，别说给我一个亿，给我全世界也不会答应。朋友说，不是我说你，那你可真够傻。不管怎么说生活都是第一位的，当你连饭都没得吃的时候，难道你还会继续写作吗？我说，当然，要在能生存的情况下才能继续写作。朋友说，难道你不想生活得更体面，更优越吗？我说，当然想，但我不想为此而放下写作。不忘初心，方得始终。这儿的"始终"，指的是成就、成功，但我更愿意理解为有始有终，是为人的根本。写作，是我的初心。

赞 美

一次聚会上。陈说，最近我要变了，要学会赞美人。赞美比什么都重要。我们活得都那么沉重，没有必要再那么真诚地批评谁，让别人不高兴！我要学会赞美自己的爱人、孩子、朋友，也要学会赞美同事，哪怕是路边的一个乞丐！你赞美了别人，不仅别人心里舒服，自己心里也舒服，多好啊！陈在朋友的印象中是个不太会赞美人的人，因此大家笑着说，请你现在赞美一下我们在座的每个人吧，看看你是不是真正学会了赞美！陈说，好，感谢大家给我一个锻炼的机会，请诸位看我能不能过关。我先从张开始吧。我祝贺你最近又买了套新房子，过一两年价格翻一倍绝对没问题！放着钱有什么用，等着贬值吗？你的选择是对的，请你一定要相信我，你将来会越来越有钱……陈说，王总，你在写作上完全可以评上全国的劳模了，国家应该给你颁发奖章，奖你两百万。你一直兢兢业业地工作，利用业余时间写作，现在出了有二十本书了吧？你真是太了不起了，我们应该向你学习！陈说，我们亲爱的李总放着老板不做，却专门写起了诗，真是难能可贵，这个时代人人都朝钱看，成了拜物主义者，他却逆流而上，追求纯粹的精神生活，真是可敬……陈说，周兄这几年你发表了大量作品，我由衷地敬佩你，虽说现在不少刊物都提高了稿费，稿费就是升到千字一千又能怎么样？还是低了，在深圳这样的城市里光靠写作怎么能养家？不说稿费，那样严肃的写作还有多大意义，纯文学还有几个读者？你重新找一份工作做是对的，我祝贺你！我们为了生存和发展，谁不是被关在生活的笼子里的一条狗？陈说，武兄，你是个好人，特别能理解和包容别人，但就是你这样的人也会有人道听途说、捕风捉影地说你的一些不是，败坏你的名声。那些小人真是太傻了，他们不知道我们不是兄弟胜似兄弟，这些傻货，总是当面一套，背后一刀……陈说，最让我羡慕的还是赵总，他大病一场，也终于大彻大悟了。你们看他最近的气色是不是比以前好多了？我建议大家别把自己整得太累了，有钱啊，出名啊，那些都是假的，身体健康才是最重要的，让我们都活到一百岁……陈说，老实说我为人正直，心直口快，虽然是五十岁的人了，可还像个不懂事的孩子。我的心里有毒，嘴巴太臭，脑子不够用，我以前说过别人的不是，所以我现在没车没房，混得还比较差——以后我要学会赞美，大家觉得我是不是学会了赞美？我们觉得陈大致是学会了赞美。

海 边

　　我们穿过都市的楼群朝着海的方向，走了一条以往从未走过的路，经过了一些未看到过的风景。有些树和野草野花在夹杂着石子砖块的泥土中生长，散发出植物的芳馨。都市中充满了汽车的尾气令人生厌，那儿不一样，那儿与都市保持着一段距离。已近黄昏，我们看夕阳时看到一位年轻人拿着一瓶水，躺在野草葳蕤的斜坡上也在看。我们觉得可以根据那个画面写一首诗。我们站在青年的不远处，看着夕阳把天边的云染得流光溢彩。再往前走就到了海边。看着平静海湾里的水，海水映着天空中一团团的云霞，那画面很美——我们却不知为何聊起了房价、股票和政治。我们说这是个大时代，时代中的弄潮儿应该是企业家。企业家才是这个时代中最聪明能干的人，他们在做事的过程中检验自己的思想情感，经过一场场没有硝烟的战争已经变得非常智慧了。我们被科技、网络，被时代绑架，身不由己。我们说幸好还有文学艺术，我们还可以写作，做自己认为有意义的事。写作自然是有意义的事，但也许并不像我们所想的那样有意义，因为一个人的价值往往在于他多大程度地参与了他所处的时代，取得了多少战果。我们都还算不上有大的名气，谈到这儿时我们觉得被时代边缘化了。我们并没有很好地把握时代精神的实质，并没有产生值得称道的思想。我们无法回避，也不应该回避，最好欣然迎上去，积极融入时代。生活是方方面面的，我们要选择所熟悉的生活，通过所熟悉的，到达思想情感的意境，并充满激情地把一切检验和论证，创作出具有时代特色的经典佳作。问题是，都市笼统地、有意无意地抗拒着大自然，使都市中的我们生活在重重圈子编织成的笼子里。我们的写作缺少了一种必要的参照：大自然。大海就在那儿，谁都可以走过去看看，谁看了心情都会愉悦一些。大海不属于任何时代任何人，谁都拿不走。我这样想时，心里莫名地得到了一丝安慰。

消　耗

大约是两年前，我渐渐觉得写小说没有意思了。这种想法并不见得正确，但这种自然产生的想法却源于对写作的厌倦，厌倦感的产生大约源于写作使自己身心俱疲，得不偿失。如同是一场一直在玩的游戏不想参与了，而中途退出也是痛苦的，因为过去曾为写作付出了大量的时间与精力，退出即意味着对自己的否定。如果可能，我愿意做一个纯粹的写作者，不为写作之外的事操心劳神，那样我或许会写出更多有质量的作品。现实生活不会让人称心如意。不管是工作、生活，还是文学本身，有太多与写无关的事情要做，而在做的过程中生命力、创造力被消耗。这种消耗一部分是外界强加给写作者的，另一部分是写作者自己不够清醒或坚定。

困　难

现在我想要写一篇小说会感到非常困难，原因在于我很难再如年轻时候那样自以为是，有着强盛的写作激情。现在的我有了些思考与稳重，缺少了年轻时候那种初生牛犊不怕虎的冲劲。对照现实，许多文学作品仅仅是一种游戏，令我感到缺少意义。这种感受给我错误的信息，让我不再相信文学的神奇作用。事实上我过去写过的作品至今仍会给人带来感动，仍然在支撑着我作为一个作家的存在。作品给予了我作家的身份，这个身份似乎并不算太坏。我想过是否要加强这种存在感，但这需要我找回对文学所应具有的虔诚之心。事实上，这个以经济为中心的时代，以及文学圈子的不良生态都令我抗拒。我会感到文学的无力，我的无能为力。我会感到文学改变不了什么，要想因为写作获得名利未免显得天真可笑了，如果一味去写，你也可能成为一个自欺欺人的骗子。如果我能真诚地不在意那些负面的东西，对于我来说倒是一件好事。事实上我得克服写作上遇到的困难，不写，一直不写的话，何以慰藉我的一生？

欣　慰

　　阅读自己写下的作品会感到自己的现在正在消逝而过去依然年轻鲜活，我活在自己的作品中感到自己独一无二而任何人都无法体会。自然会有更好的文本令我的作品黯然失色，但那些作品的存在却并非无意义。最诚实的作家应是为自己而写作，至于获得读者的认可拥有更多的读者，那是令他感到意外的事情。因此我想，世界上并不缺少好作家，缺少的是好读者。事实如此。好在真正好的作品可以比作家的寿命更长久，想到这一点的时候，相信许多作家会感到一丝欣慰。你真诚爱恋着这个世界吗，你孤独吗？你读到一百年前某位作家的某一篇作品并为之感动的时候会发现你的爱与孤独早已被人理解和接纳过了，因此你有理由去活得更加自我，而不必一味顾影自怜。

石　头

　　我在短短两个月的时间收了许多石头。工作室不大，书架上，桌子上摆不下只好摆在地上。石头有江石，有戈壁石，也有灵璧石和太湖石，其中以便宜收进的长江石与戈壁石居多。收藏一时间仿佛成了我的追求，而以前写作是我的追求。两个月下来我几乎没有写什么文章，也花光了自己的积蓄，不过也感受到了一些排斥空虚后的充实。我有空就泡在微拍堂里看石头，挑石头，拍石头，就像是被一部精彩的巨著给深深吸引不忍放下。我知道这叫"玩物丧志"，但同时我又感到继续写作的条件不够成熟，例如我的身体不是太好，需要养一养；时间不够充裕，需要等一等；状态也不够好，需要调一调。我难以让一个具体的人去理解我，那么我只好寄情于石头。在我看来每一块石头与人一样都是独一无二的，它终于属于并陪伴一个人，给他带来精神上的影响、内心的暗示。喜欢孤独与美的人应该去认识一下石头，养几块石头为伴。但最终，你会放弃石头，觉得它们在你的生命空间中显得多余。

文　学

当下的，我们的文学究竟是不是还是纯粹的？我很怀疑。有相当长的一段时间，包括现在，我懒得写作与投稿。作为编辑我知道刚起步的作者发表作品是多么困难，作为作者我知道名刊大刊的编辑身边会围着多少写得已经相当不错的作者是多么难发。各种利益的交换是有的，因为编辑的收入并不高，何况总有"聪明"的作者觉得编辑不容易会甘愿付出些什么。这些我都能理解，却为此而感到痛苦。这种痛苦有些莫名，因为我深深地感到在社会生活的链条中如果你想要做一个正常的纯正的人是多么艰难。有时我想，我缺少足够的勇气卓然独立于世界做我自己。如果没有自我，何谈写作，哪有真正意义上的文学？这个时代，每个还清醒的人都有理由讨厌自己。每个真正热爱文学的人也都有理由讨厌文学。文学是个人的话，她当是相当无辜的。

厌　倦

　　我从未想过有一天会开始厌倦写作，与此同时我又想写下一切，对于这种现象我也无法解释。我幻想可以彻底放下写作逃掉作家或诗人的身份，像别人像那些不必献身于艺术的人那样去生活。写作使我沉重，当我坐在电脑前时哪怕是在精力充沛的早上也很快就疲倦起来，仿佛身体受制于精神的压力无法支持我把写作这个念头继续下去。我对写作仍有需要，却失去了动力，觉得写什么都没意思。我知道那些在写作的道路上继续前行的人是可敬的，我曾经像他们那样，但现在我不想再与他们为伍。那种发自内心的感受使我对自己无可奈何。或许我想走一条新路，但那条路仍然需要我坐在电脑前写下去。问题是我抗拒坐在电脑前，仿佛人类已经不再需要作家，不再需要文学。我一直坚持记日记，最近连日记都不想再写了。我也在厌恶过去写作的自己，那个我使现在的我沉重。这种沉重感源于才华被现实持续削减，或者是因为读者一直在误解并冷落我？或许我已经深切感受到人难以改变，写作徒劳无益。我讨厌喋喋不休地对未知的人说话，讨厌自己是那样诚挚地期待着什么——例如一个美好的，人人都幸福快乐的世界。

资　格

我越来越感到自己没有资格写作。我深切地感受到自己的无知以及对不思进取的渴望。我不是在过着想过的生活，但想象中的我渴望的生活也并不见得能够令我称心如意。在我的感受中人类并没有未来，教育、宗教、艺术，什么都无法拯救人类，所有的反抗都无异于挣扎，所有的希望都会破灭。如果说活着是一个事实无法否认，但写作或阅读却可有可无。绝望的情绪浓雾一样笼罩着我，那个我纯粹而自由，却像小动物一样可怜兮兮。在那样的情绪中世界首富与美国总统都是笑话。如果我想要取得写作的资格，似乎只有背叛自己——那个像老子与庄子一样自在的人。我不想再强调爱的作用，尽管我不会否认爱在这个世界上对于每个人的重要性。我想变成一块石头、一棵树，不需要再有人的烦恼与痛苦。

渴　望

我渴望自己是一个一无所有的流浪者，我不关心人类、物质享受、成功与荣誉，只关心自己的双脚行走在大地上，在不同的地方看不同的风景，为那颗自由自在的心灵活着。我为自己活着，不被人理解，也不必被谁理解。我不用希望被别人遗忘，我必会被人遗忘，如此甚好。我愿与更多的注定会被遗忘的人在一起，正如我不得不与我脚下的大地在一起。

收　藏

痴迷于收藏，又有一段时间没有写文章了。细想自己为何会喜欢上收藏，大约是希望与物进行交流。物的价值在于它的形、质、色、味，能对应心灵，大约也可以视为一种需要。为了收藏，花去了所有的私房钱。我享受一个个快递送过来，破开一个个盛着石头的盒子，也享受把那些石头搬来搬去的过程。我想画下我收藏的石头，想为某一件喜欢的石头写一首诗，我也会长久地看着一件收来的石头陷入漫无边

际的沉思。我是孤独的，但因为那些石头似乎孤独还可以忍
受。我是不能追求也不敢去接受异性的爱的，然而石头似乎
在填补着我内心的虚空。我也不太想见任何人，因为人都在
江湖中难免沾着江湖气。我想，人因为其复杂多欲而烦恼不
休，全然不如石头简单无求，人应向石头学习。每一件收藏
物品都代表着收藏者的选择、眼光、希望，甚至是爱。不懂
得收藏的人大约永远体会不到收藏者是一种什么想法与感受。
有时你会感到，你的心像大海中的一叶孤舟，而收藏会让你
的心沉下来，经得起一些风吹浪打。如果你心无所系，甚至
有些厌世，可以试试喜欢上收藏。

迷　失

　　星期天带着家人去"壹方城"玩，那是个大型综合性
购物中心。我们没有打算买什么东西，就想吃顿饭。吃了点
羊肉串，要了两个菜，一顿饭下来吃了二百七十多块，然后
带孩子去游乐场玩又花了八十块。照说也是不多的，但在商
场的停车场看到那么多名牌的车子，在商场里看到那么多穿
着光鲜的人，那么多高档商品，我明显感到自己这个出了十
部书，还可以再出十部的所谓"一级作家"钱太少了，应
该努力再多赚一些。照说这样的感受也是正常，回到家之后
我却总觉得有些不正常。大时代、大都市为人的享受准备好

了一切，但代价大约是要用人的灵魂与良知去交换。如果你是个清醒的人应安守本分，量力而行。平凡以及平庸并不可怕，可怕的是被物质社会绑架。可是人大约都不同程度地被绑架了。于是有人就会偷税漏税，有人就会贪污受贿，有人就会为了赚钱不择手段。在这物欲横流的社会氛围下谁甘居人后还能保持淡定？你有车有房有存款吗？你的房子小了不想换套大一点的吗？你的车子落伍了不想换辆好车吗？你的身体还算健康吗？你为自己买好了墓地吗？房子不用太大，一套少说也得三百万以上；车子不用太好，一辆十万以下的车你都不太好意思开出去；存款多少合适呢，一百万还是一千万？有一千万你一样会感到墓地也不便宜，你一样会感到别墅自己还住不起。对于一个作家来说，如果你长期写不出作品，无论如何都是一种迷失的表现。如果你是清醒的就应当战胜物质享受的诱惑，战胜身边的人和事对你的绑架。为了防止自己迷失你要战胜你的时代、你的生活，请深想一下，这是不是太有难度了？在这个时代，自我的人以及一直追求着自己的理想的人真是可敬。可是，事实上却会有很多人视他为傻瓜。

痛　苦

　　我的工作室里有好多书，购来很久了，还没有看，我不知什么时候才能看，或许有些书永远也不看了。我想要写的东西可以一口气列上两百个题目，诗歌、小说、散文，但有些想法与冲动只能渐渐淡化了，因为怪兽一样的生活会把人压得直不起腰来，喘不过气来。这膨胀臃肿的人世间充斥着太多东西，混淆着人的视听，浪费着人的时间，迷惑着人的心灵。每个人的生命都被占据，被分割，被蹂躏，如果你想变得强大一点，你就得活得没心没肺，没脸没皮，没有底线。但那种"强大"只不过加速人性毁坏的进程。当你不知不觉间被改变，被左右，被破坏，要想继续做一个简单而纯粹的人已经是不可能了。因此在这样的一个时代，真正的写作者是稀有的，也几乎不允许有真正的写作者存在。因此当别人称呼你是作家的时候你会不好意思，要么你会觉得别人不怀好意。这是不正常的。世界变得越来越强大，人变得越来越渺小。人可以渺小，但创造世界的人何以被所创造的世界所奴役？或许只有真正的文学和艺术才能使人类回归正常，才能使人真正认识到——人生来不是为了变成自欺欺人地活着的社会动物的，不是为了活成自己的奴隶的。总之一想到世界越来越坏我就彻夜难眠，一想到人们浑然不觉我就痛不欲生。

相　反

　　上一届世界杯我还看了几场，这一次一场也没有看。我宁愿发呆也不想看球，尽管我知道看一场球喝两罐冰啤特别享受。我对很多事失去了激情，只愿在自己的小天地里苦思冥想：如果我有两个亿，就天天上微拍堂淘自己喜欢的东西。我所买下的东西都是多余的，尽管如此我依然会果断拍下一些小物件。有些东西看着顺眼便想拍下来亲眼看到实物。有些是自己没有用的，例如有一种砚台我拍了七八件，用不着那么多的，是觉得好才拍下来。拍下来是想要送人的，尽管送谁没有想好。送别人东西是愉快的，尤其是对方也喜欢。在很多事上，我拿自己没办法。我无法不抽烟，无法不心软，无法不写作。有很多事已想得很清楚了，知道怎么去做，但就是像跟谁较劲儿一样不去照着做。我痛恨自己，又仿佛故意给我所面对的一切留下破绽，防止自己变得太完美。我是软弱的、无力的，因此我只能承受，虚伪，苟且。如果我做想做的自己呢？想必定会有一些人会被冒犯，会受伤，会痛苦，然后会嘲讽我，反对我，远离我。我想，我是属于艺术的，不管我如何假装热爱生活，而艺术定然不是生活，而是与生活相反的东西。

感 叹

　　某人滔滔不绝地对我说话，其实我走神了根本没听。对方需要回应，我只好"哦"了一声，点了点头。我怀疑自己如梦游一般生活。显然不是，我周末有大部分时间在照看孩子，陪孩子游泳、爬山，和孩子一起玩耍、唱歌，很真实，也很快乐。我也会抽出一个钟头的时间跑到我的工作室享受一会儿安静，这个时候的我大约是属于自己的。我很想为此抒一抒情，有时我便也暗自"哦"上几声。有些人在周末，在晚上都会打来电话或发来信息，说发来了稿子，我很想置之不理但有时还是回复。我挺想回复"哦"，但常常回了"嗯"。我总怕冷落了别人，但显然我做得还远远不够好。我的生活，我的人生，有些麻木而机械的真切。我时常想逃离被迫的状态回归自我，回归小说创作。想到小说我的心里又忍不住"哦"，忍不住感叹。哦，我感到自己有好多想要写的，感到有一座高大的山脉等待着我去爬，可我只能如蜗牛般前行。有许多个"哦"，是没有出声的，因为发出那样的抒情的声音显得特别矫情，你会不好意思。我画了许多张着嘴巴的鱼，大约是代替我抒情的意思。

怀　疑

　　越来越不想见人，越来越不想说话，越来越不想看书，越来越不想写作。我只想独自待着，看看电影、电视剧，不然时间怎么过呢？日复一日的日子总是要过下去，不能随意任性终止。我的生命中充满了负能量，这或许正是我这个阶段的真实表现，虽然我清楚人不能一味活在悲观消极的状态中，但我还是像掉进了一个深坑怎么爬也爬不上来。世界与人群都在我的那个深坑之外，任凭我无声地呐喊，有声地大叫，拼命地挣扎，静静地等待，并不会有人向我伸出援手。我痛恨生活的沉重、社会的不公、人性的丑恶、自己的无能为力，我又在犹豫不决徘徊无定地想着要不要放弃，要不要不管不顾，要不要合作，要不要虚伪世故，要不要随波逐流。仿佛我肩负着人类的未来向好的命运，不可放任自己变成想要活成的自己的反面，并因此而沉重，因此而不能放弃。我对着镜子做出微笑的样子，镜子中显现出一张熟悉而又陌生的脸庞。我闭上眼睛想见天真可爱的孩子，心中却立马涌现出浓雾一样的忧愁。我走到公园里去看风景也只能得到暂时的放松，我沉浸到工作中却也只能暂时忘却无休无止的烦恼。别人感受到的美好生活与世界仿佛与我无关，我仿佛活在大时代强加给我的错误当中。我不知该怎么样活才是想要的活法，我不知道该怎么样做才能活成想要活成的自己。当我无法再从内心热爱与祝福这个世界上的人们，我怀疑自己是否还能继续写作。

信　心

我对自己失去了信心，仿佛这样才是清醒，而对一切怀有信心却是盲目与愚蠢。一百年前以及一百年后都可以说——这是最好的时代，也是最坏的时代。从前现在以及将来每个时代里的人都在活着他们自己。正确的人生也好，错误的也罢，对自己充满信心也好，无信心也罢，一切如江水一样，滚滚东流入海。如果一个人没有宗教信仰又不能够战胜强大的物质世界对自己的裹挟，保持自己的纯真善良，他不相信"人不为己，天诛地灭"还会相信什么呢？他不承认也是没用的，他已经那样去做了。脱掉人类文明的外衣谁还有信心做到独善其身？难得糊涂，真是至理名言，可以给人安慰。

人　品

你曾经很喜欢的一个人，因为一些矛盾或者说误会，两个人不再联系，后来他在不止一个人面前说起你时表示，你这个人人品不好，你会有何感想？你感受到，曾经的你们的共同的朋友不再愿意和你联系，但你不清楚这是为什么。你想不明白，他为何那样说你，而别人又为何愿意相信，或者半信半疑，或者不相信——却也不愿意冒着得罪那个人的危险而和你继续交往。即使如此，而你不愿意，一直不愿意相信那个人的人品有问题。顶多，你说起他时不过是说，他性格有问题。你总是不愿把一个人往坏处想。

包　容

你总是看别人好的一面，别人不好的一面你愿意忽略不计。即便是这样，也会有人不喜欢你，因为你并没有和他站在同一条战线上。你们的敌人或对手是谁呢？你不知道。但是他说——除了我们之外的所有人。人性是不可靠的，所有的人都有问题，都不可原谅，所有人几乎都在自欺欺人地活着。即使他也不会觉得自己是完美的，但他总是把自己的意志强加在别人身上。你清楚，你不能再继续把那样的人当成朋友。你清楚，你无法做到真正的包容。你清楚，有些人无法改变。

蠢　货

　　你曾经天真地以为天底下所有人都可以成为朋友，至少可以相互友善地相处，现在的你则认为，自己当初太过天真了。人与人之间，能够成为朋友的太少了，能够成为好朋友的就更稀少。尤其是在物欲横流、压力山大的社会上，人能够交上个真心相待的朋友，那实在是太难得了。你三十岁之前哪怕和对方打了架，只要心里还认可对方还会希望别人同自己做朋友，现在想来，你觉得自己的确是太理想主义了。你不喜欢一个人，也不会四处去说他的坏话。你喜欢一个人，也不会四处张扬对方多么令你喜欢。但有些人不会像你一样，你在那样的一些人眼里就如同一个蠢货。因为你不是那种对"敌人"像寒冬一样残酷无情，对"同志"像春天般温暖的，有鲜明阶级立场的人。事实上，你相信，他们才是蠢货。要命的是，现实给了那些蠢货以肥厚的土壤，让他们生根发芽，开花结果，春风得意。相对比他们，你这样的人则处在时时被攻击、被伤害的位置。民间的生存哲学是残酷而野蛮的。

状 态

当你想要把小说写好时，写小说是件相当艰难的事情。难就难在你要有恰到好处的状态来对应要写的。你要在某种神秘的感受中超越自己的平常，可以与一个影子对话，可以让一个个有思想情感的读者产生共鸣。你的胡编乱造、言不由衷，绝对骗不过高明的读者。没有好的状态，你再投入，再用功也没有用。这不是说写小说需要灵感，而是说写小说需要你良好的状态。为了获得那种写小说所需要的良好的状态，在写小说之前我会让自己通过睡觉、美食、阅读，令自己变得精力充沛，身心舒泰。我不会沉浸在舒服享受的状态，我要把握时机，在电脑前坐下来，全身心地投入创作。即便是这样，也并不见得能成功进入小说中去。写小说，有时还需要一些运气。好运气总是垂青富有耐心的人、勤奋的人。拥有好状态，也不一定出好作品，但这是出好作品的先决条件。

对 比

我喜欢过很多作家和他们的作品，中国的吴承恩、曹雪芹、鲁迅、萧红、沈从文、老舍、张爱玲、莫言、贾平凹、王朔、余华、王安忆、方方、池莉、毕飞宇，等等，可以写几页 A3 纸；外国的莎士比亚、雨果、巴尔扎克、托尔斯泰、契诃夫、卡夫卡、马尔克斯、博尔赫斯、奈保尔、卡佛，等等，也可以写几页纸。对比之下，中国式的写作相对缺少一点方向，西方式的写作方向性要明确些。我们偏重于对生活现实的呈现与影射，写生活中的人，有意无意间强调了人的集体性，弱化了人的自我（并非绝对）。西方的写作更倾向于对人的呈现与探究，写人的生活，更加关注人的自我。固然作家要尊重他所处的时代与社会的现实，但事实上作家有超越他的时代，他的生活的责任。中国小说家的作品是用双脚走在大地上，即便是飞起来也终会落在尘埃里。西方小说家的作品是从地面上飞起来，即使落到地面上也终会飞起来到天堂去。大体如此。

阅 读

阅读，必须阅读，才可以打开自己，丰富自己，才有可能进步，才有可能把写作进行下去。一位作家不能一味强调写作的重要，虽然写作对于作家来说意味着一切，实际上最重要的不是写作，而是阅读。很多人认为，生活是写作的源泉，这不一定是对的。生活固然重要，但阅读是作家的第二个生命。如果一位作家感觉自己写得不够好，那多半是因为他还没有从浩如烟海的书中吸收到对他真正有用的东西。尽管阅读比生活，比写作要轻松得多，但阅读要占去一位作家大量的时间和精力，而最终他会发现，这是非常值得的。一位擅于阅读的人，不仅仅是会选择阅读什么，而是可以阅读一切。

废　话

　　任何一位作家都会写出大量的废话，只有少数聪明的作家会剔除那些废话，把一些重要的文字留下来。这并不是说他一开始写就比别人高明很多，他只不过让人感到他高明。从另一方面讲，他也确实高明，因为他懂得取舍。对于一位小说家来说，废话是必需的，不会说废话的小说家很难说他是位成功的小说家。废话说得好是一种智慧，因为可以通过说废话让自己的作品立体丰富，风趣幽默，耐人寻味。小说最怕板着面孔说教，仅仅从这方面来讲，小说家注定要成为废话大师。聪明的读者可以从废话中读出弦外之音，意外之境。

创　作

对于真正的写作者来说，创作不是运用所学去说明什么和证明什么，而是耗费心血去写出他生命中对现实的体验与感受，写出他想象和渴望中的现实，他完成的不是既定的，而是未知的作品。真正的创作，作家会成为作品的部分，他的作品是有生命的，而不仅仅是一件可以生产出来的商品。真正的创作也可以说不是用脑子的，而是用心的。创作自然离不开用脑，但用脑不是最为主要的，而是脑子要服从内心的指令，充分与内心配合，才有可能产生好作品。不少写作者仅仅是完成了一部作品，而不是创作出了一部作品。也有不少作者，分不清创作所需条件的主次，因此他们所完成的不过是看上去还好看的，还过得去的，但实际上却是失败的作品。真正的创作如有神助，这意味着真正的创作是一次作家对自我的超越。

超　越

超越意味着比满分还要高，意味着本来只能用双足直立行走的人可以生出翅膀飞起来。这自然是困难的，对于有些人来说简直是痴人说梦，但实际上却不是不可能的。超越即意味着打破常规，因此满分这个框是框不住它的，它也会打破一些人的固见，带给人惊奇和欣喜。超越并不困难，人的一生基本上是在自我超越的过程中完成的。超越又非常困难，因为每个人的能量是有限的，要运用好有限的能量去做一件超越前人的事，当然要竭尽所能，付出一生。有些人是无法超越的，如卡夫卡和梵高。人也只能成为自己，无法成为别人。每个人都是他自己，又不是他自己。对于一个超越了自我的人来说，他就不再是普通意义上的他自己，他还成了他想象中的，甚至是他意料之外的自己，成了别人想象中，感受中的他，那样的他是会放射出光芒的，是会温暖和照亮一些人的。超越即意味着飞得更高，爱得更多，付出得更多，得到的更多。

短　暂

　　当我年过四十，我常会想到，人的一生是短暂的，所能做的事相当有限，没有必要花费太多的时间与精力去参与太多与自己的追求无关的事，除非你不再在意是否能在某项事业上获得你想要的成就，否则你应该像深爱着一个人一样去爱着所要做的事，并为其倾尽所有，付出一生。似乎也只有这样，你才能有力量对抗生命的有限，获得一些永恒。写作是写作者追求永恒的行动。人只有相信一些永恒的存在，才不至于为非作歹，祸害人类。人只有意识到生命短暂，去追求一些永恒，才能真正感受到生命的尊严与珍贵。你应该尽可能地选择那些追求永恒的人当朋友。对于那些主张人生短暂，不如及时行乐的人，要尽可能地敬而远之，因为他们会让你的人生变得短暂而无意义。

享　受

　　阅读者享受阅读，写作者享受写作。尽管阅读会花去很多时间与精力，但终会让人有所收获。尽管写作的漫长过程会让作家感到痛苦煎熬，但这个过程终究是一个享受的过程。作品得以发表是一种享受，拥有读者是一种享受，受到好评是一种享受，但这些享受都比不过写作本身所带给作家的体验。真正的写作是在享受自我认识，自我超越，自我满足。我相信没有发表的平台，没有稿费，只要有文字，仍然会有人写作。我相信真正的写作者并不是为了稿费与荣誉，而是为了自己的生命要产生意义，发光发热而写作。我相信对于真正的写作者来说，生是一种享受，死也是一种享受。对于人类有所创造，有所奉献的人，他的死并不是说一定是重于泰山，而是说他可以死而无憾。享受写作，如同享受人类生存与发展之美，享受潜在的人类相互之间应有的浩瀚之爱。

乌　鸦

　　每一天，每一刻他都想哭泣，说不出为了什么。日复一日，活得人模狗样，越来越没有自我。这就对了，在喜鹊看来，自我不讨人喜欢，报喜不报忧才是最正确的选择。但他的心中有只乌鸦无时不在嘎嘎地叫着，仿佛黑是世界的底色。如今他越来越不喜欢披着黑衣的自己，像个冒牌哲学家，拒绝生活，仿佛思考才是他的工作。他怀念从前，例如天真无邪的小时候，仿佛那时，人生还看不出是一场悲剧。有没有可能，乌鸦变成令人喜欢的喜鹊？或者传说中的凤凰？他，沉入了沉思。每一天，每一刻他都想哭泣，说不出为了什么。

哭　泣

　　例如——喜鹊喳喳叫，好事要来到。有谁会拒绝喜鹊带来的好消息？瞧，披着一抹天空的蓝色的喜鹊给人吉祥如意的感受，给人希望与幻想——尽管死去的喜鹊和乌鸦终究一样不为人知。诗人会想，同样是鸟，为何喜欢喜鹊的人远远

多过喜欢乌鸦的人？如果说你喜欢什么，你厌恶什么都证明
了你的肤浅。你喜欢肤浅，拒绝深刻是因为你渴望幸福，拒
绝痛苦这无可指摘，只能说你喜欢自欺欺人地活着，活在根
深蒂固的传统意识中。诗人偏偏要纠正这一点，他把"喜鹊
喳喳叫，好事要来到"，改成"乌鸦嘎嘎叫，好事要来到"。
他的叛逆行为得不到理解，这可能也是诗人想哭泣的理由。

不　惑

　　四十不惑。四十出头的我越来越生活化，也好。还能怎
么样呢？曾经，我标榜自己是位纯粹的理想主义者，现在却
为过去呈现给别人的那个我感到有一丝惭愧。与年轻人在一
起时，我明显感到自己不再年轻，也不再像以前那样对一切
都兴致勃勃，充满好奇。现在我要做的是尽量克制嘲讽年轻
人的轻浮。有时，我想回到过去，但那也仅仅是想一想而已。
我怀疑现在的自己与过去还有什么相似之处，但显然我的现
在是过去一再呈现的结果。我也在克制阅读自己过去写过的
作品，因为担心现在的自己会反对过去的自己。确实如此，
事实不会过时，但观点会。真正的，源于生命体验的想象与
创造也不会过时。作品是一个整体，一篇好作品拥有别样的
生命，因此平庸之作会过时。仿佛是因为知道有一天自己会
老得行将就木，所以现在有些不愿意把写作进行下去，我知

道自己并不是真理在握的人，凡事很可能一说就错。事实上，这只是个借口。人总要找个偷懒的理由虚度光阴，还得保持着体面，造成与过去承上启下的小氛围。我的内部矛盾重重，仿佛又看透了一切。有时我又会突然敬重现在的自己，尽管我还没有成为我想要成为的——但这样的话，几乎没有谁能真正理解。我早已不再渴求，也不再需要别人的理解。

头 发

三十岁左右的时候，我留过长发。后来有相当长的一段时间，我留着短发，迄今为止，短发的历史比长发仍要长得多。但在持续的将来，还真说不好。我喜欢短发的轻松便捷，洗头可以不必用吹风机。我也喜欢长发彰显我有限的艺术气质——不必说别人，就连送快递的小哥和清洁工大姐也会说我像个艺术家了，他们会与我打招呼，仿佛我并不是一个普通人——普通人他们见得多了，仿佛不必开口问候。我留着短发时，就很少有人没事找事般问候我。时常，有些我根本叫不上名来，甚至感到根本就没有见过的人也会向我点头致意，甚至是招手问好，让我感到有些奇怪。尽管我更希望不必要打招呼的人保持沉默，但我还是感觉到一个人的发型确实有些重要——他应该留着适合他的发型，不然简直可以说是对不起观众。固然走在路上时也会有些漂亮的女子多看我一眼，但至今我还没有遇见主动约我想与我谈谈人生的。如此对于我来说也不算是件坏事，因为对于现在的我来说，不管是文学还是人生，都没有什么谈的。通过头发，我意识到这个世界上的人多多少少还是有趣。有时我很想理个光头。十来岁，我想去少林寺当和尚时曾经那么干过。现在，我偶尔也会想想出家的清净。

记　忆

　　我为需要尽快入睡的孩子背诵古诗词，可以一首接着一首地背下去。我不知道究竟可以背上多少首。现代诗我能背诵的却很少。我尤其爱诗，买诗集，读诗，偶尔也写一写。我自己写下的诗，几乎一首也记不全。我记得一些诗人，对他们以及他们的诗有些认识与感受，让我谈，也能谈一谈。所能谈的，大约有一部分也来自于阅读的记忆，但那种记忆是由心的，并非是用脑的。有的人记性特别好，几乎可以做到过目不忘，我总感到自己记性特别差，例如我记不住家人的手机号码。我的感受能力或许要好一些，感受能力大约也得益于用心。用心阅读，用心体验，用心生活，用心观察，心也是有耳朵与眼睛的，心听到和看到感受到的也会形成一种特别的记忆。我曾奇怪自己为何能够写那么多的作品出来，后来我想，这大约与我用心有关。我喜欢戴维斯的短篇小说集《几乎没有记忆》，并不是因为她写得好读，多半是我喜欢这个书名。当然，她的小说是用心写的小说，与很多小说家不同，这也是我喜欢的原因之一。有些人的尴尬在于，他生活在一群用脑子的，脑子聪明绝顶的人中间，显得自己笨拙且无用武之地。不过，我可以坚定地相信，用心生活与创造的人肩负着拯救一味用脑子生活与创造的人。

灵　性

有些诗，你甚至有些看不懂却隐约觉得好。有些人你不了解见面时却有种似曾相识的亲切感。你的内心在渴求着什么呢？你会希望接触不一样的东西，你会寻求深层次的共鸣。共鸣的产生不是源于对知识或已知事物的期待，很可能是源于一种有些神秘的、模糊的、美的东西。例如知识不是创造，而是一种特殊的工具，一种已知的世界的成果。生命是变化的、神奇的，有生命力的一切都具有变化的可能，都对应着人所具有的那种灵性。因此真正的创造、创新是可贵的，像金子般的心灵一样可贵，像无价的爱情一样可贵。我们渴求以创造来彰显人的灵性，渴求别人的创造植入我们的灵性，给予我们以真正的营养。好诗人有灵性，好诗承载着诗人生命灵性的丰富营养。外表美心灵也美的人，也是自带灵性的光环，令人如沐春风。飞速发展的大时代，以及物质至上的社会氛围形成一股强大的飓风，强烈地吸食着人们原有的灵性，意图让人变成行尸走肉。如果你担心自己灵性尽失，可以去经典的文学作品中吸取能量。

赞　助

我蛮想做一件有益的事，即说服多金的企业家为一些诗人和作家出书，不仅仅为他们提供出版、印刷的费用，还为他们付高额的，可供他们生活无忧，继续写作的稿酬。我之所以还没有这样做，是因为我对企业家是否有这方面的意愿不太了解，总觉得很可能会是对牛弹琴。不过，我做过一个假设。如果我是一个拥有很多钱的人，那么我将非常乐意为一些作家和诗人出书，并为他们支付稿酬。我甚至可以成立一个文学基金会，在我所在的城市，甚至是全国范围内，为优秀的，哪怕尚且不是那么出色的作家或诗人出书，为他们的作品做宣传推广，且不求回报。如果你问我为什么这么做，而不是去把钱捐给一些更需要救助的人，我真的不知如何回答是好。显然，我对文学的一腔热血正是源于我对文学的由衷的热爱。问题是那些企业家、有钱人未必喜爱文学，也未必有那样的情怀。事实上我坚信，具有文学情怀的人，才是这个世界向好的真正丰沛的，包容的而博大的力量。

意　境

小时候，我喜欢在雨中奔跑，现在想起来也不会感到好笑。感受中，雨，是来自天空的消息，带着一丝神秘而清新的气息。不管是平面的，还是立体的生活，或者是人生，都不如雨。一场雨，如同一首真正的诗所能抵达的一种无法言明的意境。而人活着，需要那样的意境，如同心灵需要滋润，灵魂需要记忆。现在的人，往往忘记了自己还需要那样的意境。

城　市

我们渴望到城市中去，到大都市中去，并努力在高楼林立，车水马龙，人群的熙熙攘攘中实现自己的人生价值，证明自己拥有得很多，正处在社会生活以及大时代的潮头浪尖，过着想要的生活。我们创造了实实在在的城市，在其中生活，仿佛也获得了想要的一切，可事实上我们得到的越多也意味着失去得更多——但我们谁会真正在意失去？我们不过是活着我们的一生一世，需要体验，需要那样一个选择和被选择的丰富多彩的过程。只是，城市过于强大的样子与实质让我们稍感不适，以至于让我们有意无意间甚至是刻意否定我们内心的，精神的需要，一味活在物质的世界里，越来越强调自己而不会去考虑别人的存在。如果我们一味强调物质的重要，一定还会有战争或别的灾难把城市摧毁。对于此，似乎生活在城市中的每个人都无法控制那一天的到来。

取　消

我想要写一首诗来抗拒和取消很多诗，曾经存在过的，以及诗一样的存在如何取消？曾经活过的人如何否定其活过？很多人的一生没有留下只字片语，对于整个人类来说他们被概括。我们对他们没有记忆，只有模糊的感觉。我怜惜所有的存在，怜惜自己。我想写一首诗，写下感受中不被认识的，独一无二的自己，个体的我，不被某个整体，某段历史，某种生活，某个定义埋没。我晓得这近乎是一种妄想。可事实上，那种可能是存在的。

战　争

当你回顾并想象历史上曾发生过的任何一场战争时，你应可以想象作为个体的战士与他的敌人并无真正拼个你死我活的深仇大恨，他们的家庭也并不该承受他们流血牺牲的结果。当我看到纳粹在奥斯威辛屠杀犹太人的照片后我想到，作为人，他必须是个体的、自由的，任何统一的、被动的，都意味着在孕育邪恶与罪恶。无论是政治还是艺术，个体的、自由的，才意味着平等的、合理的。

写　作

怎样的写作才是有效的？有效的写作，真正的，值得尊崇的写作为何缺少读者？你喜欢卡夫卡式的作家，是因为他们有着别样的真诚与清醒，他们的精神空间更广阔，他们是更接近上帝一样的存在，更能认识到人的局限性。事实上更多的读者更愿意娱乐人生，更愿意含糊、颠倒一切，更愿意相信表象的世界，更愿意获得现实的利益所投射出来的精神幻景。更多的人缺少耐心，并不愿克制地去活着。城市的崛起，物质的丰富，人类的各种创造令人越来越被动地陷入欲望的漩涡，越来越成为一个庞大的，具有魔性的整体而使个体的人越来越失去自我。但他们认为自己还算是幸福快乐地在活着。那么，真正意义上的写作者的痛苦在他们看来便是一种无病呻吟。天才式的写作者总是早夭，总体来说，他们的肉身难以承载他们的创作。而大师们以他们的入世与必要的狡猾得以幸运一些。那些写作的爱好者，其写的意义甚至远不如他们作为一个好读者的意义。他们比一般意义上的读者更接近真正意义上的好作品，并适时地给予那些作品以真诚的解读与赞扬，从而使人类社会还保有一份纯真的血脉不至于断绝。真正的写作者不是向观众表演什么，或者取得什么样的声望，而是默默地问候与祝福人类。

发　现

你会发现，在充满物欲与贪婪的世界里，几乎每个人都变得不那么可爱了。你也许会觉得自己也不那么可爱了，因为你缺少了自己认为珍贵的品质，或者说你放弃了本该坚持的一些东西，你的品质受到了玷污。有时你会痛苦自责，甚至会进一步自暴自弃。确实，越来越绝对的现实给精神留下的空间越来越少，这种情况只会损害到渴望纯粹的人，真正好的人，不会让那些早已承认现实不过如此的人受到损害，相反他们因为有了某种人不为己天诛地灭的思想的支持会变得更加如鱼得水。他们虚伪狡诈，自私自利，但看上去像个正常人，甚至像个好人。他们是大多数，这令人绝望。也有一种说法，即坏蛋改变世界，正如鹿群的存在少不了狼一样。对于这种说法，有些人会永远选择——可以相信但却无法接受。

深　刻

言说令人羞愧，我不知何时隐约有了这样的感受。曾有位朋友常说，不配活着。我把他写到小说中。我想，他何以如此说？我想，是啊，有太多时候人不配活着。往往是有很多想法的，想要进行艺术创造的人，大约会有此感触。平常人大概是不太会觉得自己不配活着的。不少人死于自杀，会否也觉得自己不配活着？从而选择不再继续活着？有人拒绝深刻，追求快乐，那种选择大约是对的。但有人可以那样选择，有人则不甘，不能放弃深刻。

多　余

　　当初兴致盎然地买下的石头堆满了工作室，现在却觉得那是多余的。我曾经是那样地迷恋它们，买下来，似乎它们便会成为我无言的朋友。现在看来，它们不能够。它们的存在甚至妨碍了我。一两块石头的存在或许是好的，但多了就显得多余了。简单，确实是很多拥有了太多东西的人所渴望的一种生活，但那拥有的该如何处理掉？拥有的，即意味着现实的，欲望的。简单的，意味着理想的，精神的。这个时代，人们都在创造，都在拥有，物质的世界便也越来越强大，越来越膨胀，身在其中你会深深地感到自己被围困其中。你想走出来，活得轻松些，得狠心放弃那些多余的东西。我曾写过一篇小说叫《追求简单的人》，还曾写过一篇小说叫《欧珠的远方》，都是写了舍弃与放下，而现在我觉得写作也是多余的了。卡夫卡临终前想让朋友帮忙毁掉自己的作品，我想他是有道理的。

宫　殿

例如写作，是一个人在完成他的一个个梦想所建造成的宫殿。而他成为王的时候，已经垂垂老矣。他大兴土木进行创建工作之时，也必将集亲朋之力为他所用，因此他要感恩的人有很多，但那些人为有理想与追求的，也适合成功的他甘愿付出。有的虽然被动，甚至成为阻碍，但最终还是没能抵挡得住他蒸蒸日上的伟业。当他享用自己的殿堂之时，自然而然显得高高在上，虽说这未必是他所愿有的与众人的隔阂，但隔阂已经形成，难以改变。问题的原因不在于他的创造所造成的结果，而是众人并没有再继续把他当一个平常人看待。人们总是习惯于创造卓越的人，创造类似于神的人。因为人们喜欢传奇与神话以对抗无可奈何的沉重现实。他们梦想宫殿，甚至希望被一个成为王者的人统领，希望自己永远有值得谈论的关于别人的话题，仿佛这样他就可以不用再劳心费神地生活，也可以幸福快乐。世界上已经有了太多宫殿，每个宫殿里都住着有故事，有传奇的神人。在人类社会进程中，少不了他们那些强人，也正是因此他们，自然而又野蛮的世界才变得更有意义。

舍　得

　　如果我舍下写作，将会得到什么？更多的陪伴家人与朋友的快乐；更多的阅读与娱乐所带来的愉悦；因为不必劳心费神，身体也将会更加康健；因为没有了名利的诱惑，生活得会更加从容不迫，悠然自得……但我很难想象自己可以舍下写作，去得到那些我同样渴望的。我讨厌写作使我越陷越深，有时又渴望通过写作活得更加自我。因为写作，我陷入了孤独的自我，且在无形中与世界持续地作对。我甚至急功近利地希望世界变得更美好，仿佛自己也可居功自得，引以为豪。我以爱的名义写作，忽略了为身边的人付出我本可以付出的，更多的时间与精力。事实上，一个有了梦想的人不愿醒来，因为他想看到梦境的尽头是什么。这样的执着，会令他们失却现实中所具有的一些美好。我很难想象自己可以舍弃那些我拥有的石头与书，失去它们也必将会有别的东西填满我工作室的空间，这种可能性的存在阻止了我曾多次产生的，舍弃它们的冲动。有时我愿意一无所有，但这与想拥有一切一样的不现实。

做　事

人活一日，便需要做些事情。因为人的生命需要创造出一些意义出来，令其感到自身的存在不虚。人真正进入某样事情时，因为投入会获得一种生命的快感。恰恰是无聊的闲着，饱食终日无所事事会令人厌世。如果因为经济危机的出现，社会上一旦出现大量失业人员，便会有动荡不安的隐患，便会有些人非闹出点事来不可。一个人失去了奋斗的目标，总感到无事可做的话，那他也会很不自在，会无事生非，出现问题。我是要做事的，不断地做事。不管是工作，还是写作。不管是有意义的，还是无意义的，总之是要做事的。

前　途

你终于发现，自己喜欢虚伪的人胜过真诚的人。尽管你渴望成为一个真诚的人，也可以说一直是个真诚的人，但你对自己却产生了不满。你感受到，在一个充满了问题的世界上存在着充满了各种问题的人。你的问题就在于很难做一个虚伪的人。尽管你有时也会违心地赞美别人，说一些不想说的话——但也不会像你看到过的另一些人那样夸张。有时你痛恨自己不能够像别人那样可以脸不红心不跳地去说一些违心的话，甚至觉得他们那种游戏人生的精神才是看透了人类社会的本质，人性的本质。那样的一些人比比皆是。他们总是会得到一些像你这种人所得不到的好处。你也想得着些好处，来改善自己在现实生活里的难堪的处境，但很难做到或者说做好。你看着镜中的自己，觉得自己是陌生的。你脑海中浮现出一些脸，却觉得他们是熟悉的，也并不是那么令你讨厌。你基本上已经认定，无法改变的自己是没有什么前途的。事实上，改变自己更加没有前途。因为你不认同那种有可能获得的——前途。

希　望

有一次他对我说，我总是希望世道人心变好，变成自己想象中的那样，但现实却并不是想象。我问，你希望活在什么样的社会中，希望人人都怎么样去活着呢？他说，我也说不清楚，总之，我不太满意现在的世道人心。他说，怎么样才能更加简单纯粹地活着，而又可以继续活下去，甚至活得不错呢？我看着他迷惘的样子，我觉得自己就是他。我想了想说，尽管世道人心有可能越来越坏，但我们还是怀着希望，并活在希望之中。因为，假如我们真的认定了世道人心会越来越坏，我们现在也就失去了继续活着的理由。他喃喃地说，希望，是啊——现在的生活，真是我们所希望的吗？我说，不是吗？他说，也许是吧。我觉得他用"也许"用得好。

也　许

也许你可以做你想象中的你。也许，你也可以做一个你讨厌的人，只要在另一方面可以满足自己的一些需要。也许现在的你就是最好的你——不，你总是很难相信这一点。也许，你对未来有着更美好的期待。可事实上，你得到的越来越多，也会觉得自己失去的更多。也许，人并不是为物质的世界而活着，而是为着精神的可能性而活着——你总是很难相信这一点。也许，对于你来说没有永恒——但你愿意具有永恒的事物存在。也许，每个人的身上都有一个上帝——至少是上帝吹进你生命的一口气息。你认为这是可能的。你愿意相信。也许，你是对的。

相　信

你为什么不敢相信自己可以超越托尔斯泰或卡夫卡呢？

你为什么要与逝者相提并论，并在他们的阴影下思考与生活呢？你为什么会对自己失去了信心呢？你是否期待着一个为全人类献身的机会？你因为守着平平淡淡的生活而渐渐失去了自信吗？你为什么不心甘情愿地去做一个你并不想成为的，却比你还要快乐和幸福的人呢？你在暗自渴望着，或正在挑战什么？权威确实存在吗？你需要通过别人来证明自己活着的意义吗？你为什么不敢相信自己？许多问题，你本不需要答案。

答　案

不要妄图在别人身上找到自己想要的答案，那几乎是一种荒谬的想法。尽管那可能是一种事实的结果——世界上充满了不敢相信自己的人。对于你来说，许多事，不要答案，是不是有可能更好？如果你写作，你为什么写作？你是为了寻求某种答案吗？你有方向吗？方向不是答案。你有爱吗？爱也不是答案。什么是答案？也可以说，许多事物的答案，是一种无聊的猜想。

猜　想

对于你来说，一切都在过程之中并没有结果。一切结果都只是暂时的。你的猜想是否为你的人生带来混乱而令你不知不觉间失去存在感。感受不是猜想，感受是什么？猜想与感受基于不同的生命体验而存在。大脑，或者说智慧是生命的花朵与果实吗？象征与隐喻想要到达的下一个驿站是寓言吗？你可以肯定什么？你不需要猜想，也不需要肯定什么。你需要什么？需要不可言说，或不必言说。需要就是需要——对于你来说，你看到文明的人类正在背离这条真理。为什么植物与动物的需要比人类的需要显得自然而纯粹？付出，这种需要，是否是替天行道？

言　说

不能言说的隐藏着真理。如何通过别人的不言说而看见真理的光芒呢？行动也说明不了太多。言说也是一种行动。行动本身总在接近真理。尽管真理是相对于人类而存在的一种不存在。真理不存在，谬误也不存在。除了人，天地间还

有什么存在呢？除了人，是否许多存在都散发着真理的光芒
呢？人在追求真理，事实上大约也在背离真理。言说，让真
理变得更加不确定，甚至失去光芒。

假　设

即使你活得不像个假设，但你活着的过程充满了假设。
你说你不需要假设，你又需要什么呢？你用事实说话，什么
是事实呢？事实的存在，不过是对于一部分人的。对于一片
树林来说，或者一群鸟来说，有什么事实存在？人的创造性
是否可以在某个阶段停止？在想象这种假设的时候，我感到
为难就如钟摆，左右不停地摆动。我莫名痛苦。假设是一种
想象，甚至是种痛苦的狂欢。人类的一切也可以说是想象的
存在。如果人类失去了想象呢？

想　象

我无法想象完全没有想象的生活该是什么样子的。我拒
绝没有想象的人生。爱情是不是一种想象呢？甚至，爱情是
不是一种现实呢？婚姻呢，是否可以肯定，婚姻是一种想象

的结果？有些人自杀，是否有可能是厌倦了想象？想象，源于我们对万事万物的一种爱的渴望。这种渴望对于人类来说是一种必然。但对于非人来说没有任何意义。用非人的存在，来对照人类的存在，可以看到人类更多的可能性，却也看到更多人类的局限性。

爱　情

　　一个得知自己不久将要死去的人是否配得到爱情？爱情，不是配不配的事。爱是生命中的灵相互吸引。肉体的人只能得到短暂的爱情？也许爱情会借肉体之名存在于人们的错误的认识中——而我们不必去追根究底。相信爱情，基本上可以说是盲目的。不相信爱情，基本上可以说是盲目的恶果了。尊重追求和拥有爱情的人，应被视为是一种美德。事实上所有的美德都透着人的绝望与孤独。卡夫卡曾经这么说过。

胜　天

　　《流浪地球》这部电影表明人们一直愿意相信人定胜天。这对于人类来说是个大错误。可悲的是，没有一个人可以逃离这种错误的结局。人类要纠正这种错误的认识，否则人类不是在进步，而是变得越来越愚蠢。人类总是要为着一个某一些人想要的好结果而付出惨重的代价的——如果人类不是一个具有神秘性的整体，谁可以或有理由甘愿去牺牲自己呢？牺牲是伟大的。一个平凡的人的伟大是可贵的。一个不平凡的人被称为伟大却是危险的，有害的，因为他终究还是一个凡人。当我望着星空的时候，我会怀疑写作的意义。当我看着城市的万家灯火时，我会找到继续写作的必要性。写作，以及人类，都在摸索中进行着，看不到尽头。无穷无尽——对于人类来说意味着各种可能，意味着希望，是好的。从某种意义上来讲，人定胜天这种说法是祸害人类。天，无穷无尽，我们喜欢天空。人去胜天做什么，天有什么可胜的？

怀　疑

　　我怀疑写作的意义，这种情况持续了两三年时间了。也许会更久一些。怀疑写作如同怀疑自己，这会把自己搞得消极，沉重。我晓得，这全然是没有必要的。写作，写了快三十年了，有什么好怀疑的呢。我以前怎么就没有怀疑过写作呢。那时候，我甚至认为，写作可以让世界变得更美好。道理都清楚，但我却无法从"怀疑"的迷阵中走出来。作品正在失去读者，越来越无足轻重。其实，这也不是我多么关心的。我能感受到那种源自飞速发展变化的大时代的某种"恶意"，仿佛有个魔鬼欺骗了大家，只有我和少数人不愿自欺欺人——而这注定了我们要承受对自身的怀疑似的。这对自我的怀疑，仿佛也有着对众人的不信任感。我甚至认为，这种不信任感，是正确的。但接下来呢，我又能为此做些什么呢？我怀疑自己有能力去与魔鬼一样的存在对抗。我不再像以前那样傻气十足地，不管不顾地写下去了。我怀疑自己的初心不再有了。我怀疑一切。如果这不令我痛苦和消沉的话，我愿意保持对一切的怀疑。写作，要么放下，要么继续。当然也并非只能如此。顺其自然，这个词，耐人寻味。其实，我一直抗拒着这个词。

抗　拒

　　相当长的一段时间里我抗拒着知识，也可以扩大为现实——对我的侵袭。我不太愿意记住什么既成的，我愿意去经历，去感受，去想象。我渴望着创造。这是我天性中比较明亮的。小时候对母亲的不满使我希望逃离故乡，同时也使我渴望改变世界——世界上一切不够美好的存在。现在看来，当时的我是多么的不现实。我抗拒着现实——现实生活总是扑面而来，影响，作用，改变着许多人，我也不能例外。除非我足够孤独，尽可能地卓然独立于人类世界，沉浸在自己的小世界里。但是，那样的我大约很快就被饿死了。没有谁不在现实的夹缝中成长，没有谁不在抗拒中存在。程度不同而已。我抗拒着总是正确的，抗拒着黑白分明，抗拒着男人和女人在他们的时代中的角色定位，抗拒着有必要存在的道德文明，我甚至抗拒着所有的艺术——我在心里抗拒着自己的写作。我渴望无为。我抗拒自己被动地活着。但是，一个人如何绝对不被动而活呢。或许我渴望的，是灰色的，中庸的，静美的，自在的，自然的，人性的，平和的，公正的——而我渴望的这一切很可能导致我抗拒的无效。写作不是一场你死我活的革命，需要爱憎分明，为某种类型的人服务，这种类型的写作，无异于为魔鬼发声。有人抗拒着曾经的抗拒，有时仅仅是为了能够活下去。

渴　望

　　我所渴望的那种纯粹，并不见得是人们所认为的那种。我渴望的纯粹，可以是妓女卖身为了养育自己的孩子，可以是一个人为了尊严冲动地杀死一个本不必死去的人。我渴望的纯粹不一定是正确无误的，持续发光的，冠冕堂皇的，也可以是瞬间的真与美，善与爱的光亮。我渴望的纯粹可以是太阳与月亮，也可以是萤火虫、扑火的飞蛾。我渴望的，不一定是强大的，成功的，无私的，也可以是弱小的，失败的，自私的。我渴望的，不一定是远方，也可能是当下。不一定是真理，也可以是谬误。我渴望着更多的理解与包容——因为并没有谁真正有资格可以不用理解与包容别人。我写作，是为着我所渴望的，更好的人世。

运　动

有时会想起自己少年时候。那时我和小伙伴精力充沛，喜欢奔跑，喜欢打闹，喜欢骑车去十几里外的地方去看黄河，看梁山。我们兴奋地，怀着期待地去看，车子骑得飞快。我们兴高采烈地爬上黄河大堤，爬上梁山，会流上一身汗水，会觉得自己像个英雄。在部队的那三年时间里，每天训练，不管愿不愿意，自然是要运动的。如今的我，也常怀念那个时候。从部队回来后，回到学校读书，也还是喜欢运动的，几乎每天早上都要去跑步。工作后，在自己的房间里，写作写累了，也可以做仰卧起，伏卧撑，或者伸展一下四肢，或者原地跑上一阵子，让自己微微地出一些汗，很舒服。忘记了谁说的，生命在于运动。今天想起这话来，觉得这么普通的一句话，颇有深意。想起这话时，我已经有挺长一段时间懒得运动了。有段时间，我甚至相信生命在于静止。这大约受到一位年长的朋友的影响。他在多年前说，你看乌龟为什么长寿？因为它不喜欢运动。现在想来，倒也不一定是那位朋友的话对我起了作用，还是我自己放松了对自己的要求。此外，工作生活，以及阅读写作本身消耗着精力体力，大约也使我不想再去运动了。事实上，运动可以增强，至少可以在一定程度上使人保持着充沛的体力。如果你感到自己缺少生命的激情，感到力不从心，可以试着让自己动起来。

放 下

我对诗歌的热爱，让我总是不能够放下来，不去写，不去关注诗歌和诗人。有时我想，如果我能够放下来，或许我的小说会写得更多一些，更好一些。我的阅读经历告诉我，如果一个人的经历、知识储备和才华不能够支撑他，他最好只选择一样去写，否则很可能事倍而功半。我对身边的朋友说过多次，如果你能幸运地写着诗歌或者小说，就照着自己最想写最擅长写的去写吧，最好不要同时喜欢写诗，又想着去写小说。话虽如此，我自己也难以做到。我写着小说，有了写诗的感觉，便会写诗。最近两年，又开始写起散文来。当然，这种小随感的东西，严格来说还不能称之为散文。要命的是，我还喜欢上了画画和收藏。哪有那么多的时间与精力把自己所喜欢的、所想要做的事都做好呢？随心所欲地去活着是一种理想，在现实中大约是有问题的。如果不能取舍，不能放下，也是很难有什么大的成就的。看着两年前一位书法家朋友送我的一幅字：抱元守一。我愧对了他的一片好意。

成　就

我不是那种渴望有成便可以不择手段的人。事实上，有不少人获得了较大的成就，往往是对自己，对别人狠下心来的，甚至是放弃自我，也经历过烦恼与痛苦的。那样的人，大约是很难和我，也不屑于和我这样的人长久地成为朋友的。那样的人和我的气场、气息是不相称的。但，有时候我也想，自己为什么不能够像他们那样去做呢？我对历史并不是太感兴趣，但还是看了一些，对于成王败寇的说法也能有一些理解。不过，当我望向浩瀚星空的时候又觉得，那些所谓的获得大成就者，又能如何呢？更多的时候，我还是愿意向低处看下去，世上那么多卑微的、寂寂无名的人，仿佛他们才真正代表着人类文明发展历程中的真实存在。而那些所谓获得大成就者，在某种意义上，也不过是自欺而欺人地站在了高处。那些人深谙"一将成名万骨枯"的道理，却无法对苍生有真正的悲悯情怀——或者他们怀着那样的情怀，最终也与自己的初衷背道而驰。有名，不如无名。这是老子的主张。我赞同这种主张，却无法放弃对名的追求，因为写作与发表就意味着我在追求名。

夹　缝

　　不敢想象，可以写一个中篇，或者一部长篇。时间精力上都不允许。一天之中，要做的事有许多，这些事情做下来，精力和体力，都不允许再继续写作。事实上，晚上还有孩子需要陪伴，能读一会儿书，也显得奢侈。在这种情况下，还想着去做些改变世界的事，不显得可笑吗？这不仅仅是可笑了，这还有点儿心酸难过。有办法改变这种情况吗？例如通过锻炼来让自己保持着充沛的精力？其实，这也只不过是想一想的事。时间与体力，几乎都不允许自己去锻炼。别的写作者是否也会面临我这样的问题呢？或者，他们有别的问题？这是必然的。但总有一些强大的人，也够幸运的人，他们能把更多的时间与精力，投入他们热爱的写作中去。他们是会出成绩的。说到人生的意义与价值，说到人生与命运，似乎那种种说法，在现实面前，都只不过是一种说法而已。一个善良的人，是不会背叛自己的内心、自己现在的生活的。这也几乎就注定了，他没有什么出息与前途。我在现实生活的夹缝之中，大约也还有一些机会，这需要我忍耐，克制，不放弃。

变　形

有时我会以过来人的身份，对年轻的，甚至比我年长但仍未开窍的人讲一些自己并不想讲的话，我提醒他们该如何为人处世方能被外界接受、关注、重视，只有如此方才能获得更多的，为着生存和发展所需要的机会。事后我会暗自责备自己，为何要给他们讲那些，让他们变得像如今的我一样缺少自我呢？我会怪自己不够强大，强大到不必用着求着谁，不必在意在乎谁。然而事实上，我们所用着求着的、在意在乎的人，大约也与我们处于相同的人生境遇中，社会现实中，他们也会深深地感到，不变不通，后来也就变了。他们变了，他们一天天地强大起来。他们反过头来理所应当地要求另外一些人，要"懂事"，要讲"规矩"，否则是相处不到一起去，玩不到一起去的。即便是在文学的圈子里，也是如此。从某个角度来看，每一个人在社会人群中的存在，无一不是变形的。我们会喜欢变形的自己吗？未必喜欢，但我们几乎别无选择。除非你不要更好一些的生活，不要成就你自己。我敬佩那些活得不如意却活得有自我和尊严的人，但事实上我已经有足够的理由怀疑自己对他们的态度了。我怀念自己年轻的时候那个几乎有点儿傻的自己。

好 人

劝别人做好人的人，自己多半也是好人。我是那种经常劝别人做个好人的人，现在想来我挺不喜欢那样的像唐僧一样的自己。在强势的社会现实之中一味地劝别人做个好人，而别人饿了肚子，缺了钱花，自己又无力接济，这是不是也是害了别人呢？人们常说的，好人没好报。经常劝别人做好人的人，自己又能落个什么好呢？往深处想一想，与人为善，似乎并没有因此得着多少好处。我是个感性大于理性的人，当我强调理性，过于强调理性的那一天，我便觉得这人世间不再值得过了。从这个意义上来说，人不能为了私欲，为了获得更多的物质而放弃了自己的纯粹。人最舒服的，是做他想要成为的自己。再说，也并非好人就注定无法取得成就。

莎士比亚

七月过去了三分之二，想写的小说仍然没能写。这个月的前二十天，除去写了几首接近于口水的诗歌，别的文字都没写。不是没有时间，时间如海绵里的水，挤一挤还是有的。不是没精力，有很多时间用来看电影、电视剧了。在电脑上看影视作品，挺过瘾。主要是没有状态，因为没有状态，即便是有着时间与精力，也是白瞎了。状态的得来，又与充足的时间和精力有关，时间与精力的不够充足，也造成了状态不佳。写作需要状态，缺少了便很难进入写作中去，强迫着自己进入写作，草草写出来也不会让自己满意。最初写作时不会被这些困扰，那时单身，有着大量的时间，旺盛的精力，写作的状态想有便有。那时写了很多，也不见得精心写，写得精细，但字里行间却充满了激情与想象，文字也如行云流水一般，许多年后回过头来看，也会令自己吃惊。这样说自己的作品是有问题的，因为评价一个人的作品，不只是语言这一个标准。再说我作品的语言，也未必好到哪儿去。我所说的"吃惊"，是放低了好文学作品的标准的情况下，是对于个人而言的——我从前的作品对照我现在凡俗平庸的生活，以及枯燥乏味的内心世界，还是有着足够的理由让我感到"吃惊"。有时也看一些同时代的，年龄相近的一些人的作品，发现好作家不像自己想象得那样少，只要深入去读他们的作品，有许多还是值得钦佩。自然，也不像自己期待得那样多，多到有几个可以拿来和前辈大师们比肩。看了根据莎士比亚作品《麦克白》改编的电影，结合自己的阅读记忆，当时便有些感慨——莎翁作品虽说显得心理独白过多，但那是具有诗意的，那种诗意的东西很明显，也很深入，可以说达到了登峰造极的地步。换句话说，他的作品直抵人心，深入人的灵魂。莎士比亚确实是不可超越的，正如他后来的卡夫卡不可超越。契诃夫与马尔克斯也很伟大，但我们很难说他们不可超越。生活在大师们的阴影中是不幸的，然而他们后来的一代代的，有理想和追求的作家们是不会甘拜下风的，无论如何，他们要试图用自己的作品来证明，他们可以拥有一片自己的天地。我们有理由相信，每个有才华的，用生命去写作的作家，无论他们的英名是否可以名垂千古，他们的作品是否可以流芳后世，他们都是值得敬重的。

心与脑

有的人偏向于用心活着，这样的人一看就是个老实可靠，可以放心共事交往的人，但这样的人在聪明人看来显得有点儿傻。有的人偏向于用脑子活着，这样的人一看就是个聪明伶俐，让人有些担心会被算计的人，但这样的人在老实人看来又显得过于精明。当然，绝大多数的人有心也有脑，说不上愚笨可也算不上太聪明。在写作上，虽说都要用心也要用脑，可也有偏重于用心的，也有偏重于用脑的。作品是否经得起时间考验在于作家是否用心。用脑子去写也很重要，有很多用脑子去写的作家都获了很多奖，也取得了挺大的成功，但归根到底用脑子写的作品有时经不起用心去阅读。看鲁迅的小说，可以看得出他是用脑子写的，然而他在用心的程度上也是颇有深度的。看萧红的作品，可以很明显地看出她是用心写出来的。看那些时下流行的网络小说，你就知道，他们是技术写作，是用脑子在写。那些小说虽然好读，但很难说可以经得起时间的检验。当然，比起大量的经不起时间考验的纯文学作品，那些网络作家们，还是聪明的，至少，他们获得了更多一些的读者，甚至是获得了更多的，源于写作的报酬。

算　计

　　很多人精于算计，确实也算计对了，他们获得了利益，但也失去了他们不知道的东西。实际上，他们并不在意自己失去了什么。有的人不在意失去了真心相待的朋友，反正城市中有认识不完的人。有的人不在意失去了理想，理想又不能当饭吃。有的人失去了爱，相信宁愿在宝马上哭也不愿意在自行车上笑。也不见得每个人都愿意有那样现实的、势利的选择，而是社会的环境以及人生存得更好一些的渴望使人活得放弃了自我，放弃了应有的坚守。他们是可悲的，但他们的种种形式的"成功"又使更多的人效仿。算来算去算自己，可悲的人总归是逃不过可悲的命运的。那么，那些坚守自我，相信美好的人一直处在不在意的境地，是不是也算是一种可悲呢。在一些人看来，他们是这样的。不良价值观始终在人们中间流传，而有益的价值观令人显得无力且无能。

当然，要有超强的能力人才可以超越自己，拥有更多的自由，活出更多的可能。不在意一些人、一些事、一些现象是必需的，因为你没有那么多的时间和精力浪费在其中。人应该专注于生活，把自己的生活过好。应该专注于事业，努力做一个事业成功的人。应该专注于兴趣爱好，理想追求。如此，人生才显得更加有意义。如此，人才不算虚度光阴。尽可能积极地做自己擅长的、乐意的事情吧。

有时我喜欢行走在风里

似乎不可以说，我厌倦了什么……

还没有彻底衰老，还对将来怀着希望，而绝望感隐隐令我疼痛。

一种深入思考的感受，一种默然爱的纯粹，一种不被理解的真实，一种存在的不确定——仿佛只能保持着克制、平静。

似乎不可以说，我还能自由地爱着什么……

我已不再年轻，已不再相信曾经相信过的爱情，而孤独感又时常令我感到疼痛。

一种可以自我调控的感情，一种在芸芸众生中将心比心的态度，一种被文明教化的温良，一种平平淡淡活着的决定——仿佛只能活着，并不再渴求奇迹发生。

似乎不可以说，我如何如何……

我已不再是原来的那个我，我已经意识到对自我的背叛，我已经活在现实中我的阴影里。

有种爱是以不爱为借口，有种妥协是以理解与包容之名，有种活法是随波逐流的轻松……

有时我喜欢行走在风里，一言不发地迈动着匆匆的脚步，仿佛远方有着另一个我，期待着与我邂逅。

虚空的爱

独自一人时我想，最好什么都不写，只凭着意识到的存在感，往生命的深处畅想就好了。

有一种虚空的爱无中生有，它无色无味又渐渐转为香甜或苦涩——我感到自己身体里有遥远旷野里的一朵小花在绽放，有凭空出现的蝴蝶蹁跹着庄子与上千个我的冥想。我的时间与空间里有孤独的火熊熊燃烧着，我幻想不被写出的诗行被无声地朗读。不确定的一切无需重新命名，已存在与命名的被设想存在的思想与意志取消，被想象与情感纷飞的雪花轻轻覆盖。

一个纯粹世界的假象，一种不被探究的真实，上千个我中最初的那个我，或者难以描述的那个我呼吸着过去的那个我的感受与想象，无意却在否定所有的我与世界——这是种爱的流露，这种爱的溢出令我羞愧，甚至令我莫名想要大哭一场。或许在一个人的内心深处，在空无的深处没有诗，甚至也没有存在这种被创造出来的事物。

活着，只是朝着无限与爱的虚空活着。

写作是爱人世的一种力量

坐在电脑前，喝着咖啡，抽支烟，写，这种状态是好的，仿佛这样的时光是属于自己的。

有相当长一段时间坐不下来，我厌倦了写东西，似乎是写得够多够累了。我怀疑写的意义，怀疑从前写下的作品的价值，因为绝大多数的人不再阅读文学作品，更不会认识到文学作品的价值。细思这怀疑的背后，是对自我的不坚定，甚至是对名利有渴求而不能得到满足的失望。事实上写作首先是自己的事，是自己喜欢并想通过写作来实现生命价值，达成爱这人世的愿望，然后再是作品被发表、出版，被阅读。也可以说，写作是借助于文字自我修行的过程，这个过程与个人的现实生活相结合又相背离，这个过程中所遇到的一切障碍都需要自己去解除，这个过程中所需要的力量源需要自己去汲取。

人往往难以逃离生活的包围，却可以逃离写作，逃离名利的诱惑，不被其所累——可这也意味着放弃，意味着对自我与初心的背叛，会使自己迷失、消极、不快乐。人在天地之间的幸福感，源自于内心这面魔镜所照见的自己的千变万化，但所有的变化有个相对不变的存在，那便是爱，爱的获得与付出，是生命散发出的光芒，可以照见人有可能经历的一切，那生命外部的存在向生命内部涌流，使人变得丰富、自如、强大、幸福。

既然热爱并从事了写作这项事业，是该持续写下去，因为写作者的内心需要不断地写下去来丰富与充实，写作者的生命需要写作来发光发热。

即使感受到外部世界的强悍暴虐，自己与文学与艺术的无力无用，仍然要坚定地相信，上善若水，柔能克刚，写作是爱人世的一种力量。

静夜思（一）

1

我理解的这个世界越来越不可意气用事，越来越需要控制好自己的情绪或喜好，但这与虚伪无关，相反人们越来越需要执着于内心诚挚地对他人的友善，尽可能地以理解和包容的方式。尽管这在一时未必是正确的选择，但这符合人爱着这个世界的精神。

2

尽管有《水浒传》《三国演义》这样动不动就人头落地的古典文学著作，尽管读历史书，以前的许多个朝代都曾有过血流成河，尽管有些人坏起来很坏，但绝大多数的中国人骨子里有着温良的一面，这正是中国数千来年立于世界之林的根本的因素。

3

老子说，上善若水。水，柔能克刚。这也是中国人不显山露水的厉害之所在。

4

这个世界上所有的大问题，归根到底都是人自身的问题。人类发展到今天，怕的不再是猛兽、天灾、疾病，甚至疫情，而是人类自身——人何以从根本上相信自己和他人？对于强大了的人类而言，只有人类可以毁灭人类。

5

这个世界只能是多元的，且尊重多元的经济、政治、宗教、文化。意识形态的东西重要，可以发展，可以建构，但不必统一，更不走极端。凡不尊重多元化意识形态的存在，皆倾向于不自觉地走向邪恶。

6

一切真正意义上的作家或者说艺术家们，都不该是别人眼中的异类，尽管他们的骨子里确实有着与众不同的气息。从某种意义上说，他们的创造是对人类精神世界具有引领作用的创造——人们很难发现他们的价值。古往今来，大致来说，他们的价值难以被普遍认可的原因在于，人对自身，对人性还缺少足够客观的认识。

7

人们平时说的重视文化和艺术，却未必是对文化和艺术有基本的认知。吃穿住行都是文化，而艺术是一切文化盛开的花朵与果实。

8

西方的实用主义哲学与中国的儒家文化必然融合，令中国人的内心失去了平衡，精神产生了分化——而文学的和艺术的，以及以文学艺术为深厚背景的政治经济的融合，宗教文化的融合，会令世界各国各民族趋向和平共荣。但这在很多人看来无异于痴人说梦。

9

主张善与爱，即是主张彼此理解与包容，主张相互学习，共同发展。

10

人忙碌完一天之后，可以抬头看看星空，也可以每一次都在内心里感叹——夜色真美啊。

静夜思（二）

1

如果一个能交心的朋友都没有，这是有点儿危险的，这可能意味着人接下来要么自伤，要么伤人。但是，如果喜欢阅读，大约也还是能够平安度日。人即便平淡活过一生，尽可能地于人无害，也算是好的。

2

艺术家们与普通人的差别在于，他们可以更客观地去评价一个人。甚至他们会认可一个对于社会看上去无用的人，因为他们会认为，这是一个人对他人最根本的善意。人是不可用生硬的社会规则去看待另一个人的，可以说，那样与野生的动物没有分别。

3

我对写出好作品的作家或诗人心存敬意，事实上，多半的诗人与作家们是并不太值得别人敬重的，原因在于，他们不过是形形色色的文学的投机者。有些人从内心反对自己是个投机者，但实际上他却有意无意间，或者说被动甚至主动地成了投机者。

4

如果从人性的角度去看社会中形形色色的人，你会忧伤，也会忍不住发笑；你会痛苦，也会渐渐感到自己的麻木不仁。当我思考文学之于人的重要性时，我认为，文学的无用之用，正是当下每个渐渐被社会化、被物质化、被同质化的人所需要的。但，人们几乎是注定了要渐渐远离文学艺术，人们越来越没有时间与精力消耗在那些"无用"的事情上去。人类社会需要发展进步，但太快了似乎也不是件好事。文学或艺术，应该使人类前行的脚步慢下来一些。

5

当一个个相当有名的公众人物现出原形，甚至被绳之以法的时候，我想到的不是他们罪有应得，而是他们背后形形色色的人的恶。不爱读书与思考的人，是难以自知的，不自知难免就变成"恶"的一方，因为不自知，他们甚至不知道自己是"恶"的一方。人们总是在造各种各样的、大大小小的"神"，而不知人根本没有资格去造"神"——人的无知与被动使人一次次陷入灭顶之灾。

6

人内心的善，是对人类世界爱的根本。人内心的善，源于天性，更是源于对爱的领受与认知。恶的人永远是弱势且可怜的。人要尽可能地不要绝对、割裂、武断地去看待人和事。这也是一种善。

7

理解与包容的对象未必是正确的，但存在即合理之说又有着坚实的人类文明的基础——当人被动地活着且难以自由选择的时候，只能活得委屈，活得像个可怜虫，不管他有再多的理由和借口——尽管我们会承认那些理由和借口同样是合情合理的。人多半是可怜虫，多半是不同版本的，鲁迅先生笔下的阿Q。

8

哪怕是一个通透的人，他往往也只能半醉半醒地活着。太自我的人，太不懂得妥协的人，往往是体会不到生命的乐趣的。如果能更加孤独地活着，享受孤独，这当然是好的——但这不是人的本意。

9

对于一些是非对错，在不同的时间刻度里，人会有着不同的理解。一个人的思想通过想象超越他之当下的三十年，五十年，一百年，一切都可以变得云淡风轻。尽管如此，有些不可原谅的人，可以永远不必原谅——哪怕他是众多人眼中心里的所谓名人、好人。如果总是轻易地原谅，坏人只能更坏，恶人只能更恶，人类的社会发展也将会趋向于恶的方向。

10

自己错了，勇于承认错误，这也是一种善，一种对自己，对他们真正的爱。有些错误很可能是无法避免的，但承认错误并承担错的结果，是一个真正意义上的人应当做到的。

静夜思（三）

每天都有感受夜色的机会，只要你愿意。

有时我感到是诗的小精灵在悄悄撩动我的心——我的内心模糊而潮湿如一片沼泽，与都市中的万家灯火形成鲜明对比。实际上我内心中意欲道出的，所谓存在的实质，是粗略的，未写成的诗。再精细成熟的诗也无法深入存在——深入只是表象，但深入的意义在于主观与客观世界的持续融合。这是人与人之间，人与世界之间关系不至于分崩离析的纽带。如每个人必要的沉思默想，或有感而发时产生的情与思，最终实现的是自我与世界的融合。

我感受并理解的一种时光，让盛开的花枝枯萎，让呱呱落地的婴孩渐变成白发老人，甚至让有变成无，而那"无"是"有"的恒在，是"在"的空间与可能——我试图认识它，如一再试图发现诗对于我，对于人的意义。一切皆是虚构，一切皆是诗，这样的说法都有其内在的道理。我们判定某种存在，实际上是对自我与外界关系的某种有限判定。我们运用语言，实际是我们需要通过语言对存在进行反复的论证。人生有无轮回不可知甚至也不重要，重要的是相对于人的存在与万物难以分割这一事实。

人的情感与思想与万事万物的融合程度反映着一个人活在这世间是否有质量、有意义。当我写小说时我猜想自己也是在写诗。当我安静下来或走出去的时候，我猜想那是我存在的静与动，而世界也在静与动之中对我的存在不发一言。生而为人，我只能一再原谅自己几乎是天真地不断表达着什么。这是种与世俗不相融合的纯粹。我想，爱到深处，活到极致，可能接下来便是人对死的渴求。好的诗者，好的艺术家，或者有大灵性的人，难免会有着对死的渴望。幸而有诗，以及对诗一样事物的不断追求。幸而有欲，以及对欲不断实现的愉悦。诗也是欲。欲是人类文明的原动力，是人性的纯粹对宇宙万物的致意。有时我用想象的翅膀飞起来，那是因为我需要更深入的沉默。

那么，一切艺术也可以说是为了令喧哗的世界更加安静一些，以便于更加清醒地认识到人活着需要爱世上的每个人，甚至是花花草草、飞禽走兽。我确信，好的艺术，好的存在会令人进一步确信，当以爱，爱着人类和世界。

纪　律

如果有些资本，又选择了投资的方向，你相当于是在做一项事业，只是你请的是无形的员工为你工作。关键是，你要选对方向，管理好资金，才能持续发展壮大你的事业。如果你的这项事业是炒股，这很简单，但也相当考验人。

很多人不用工作便可以让自己的财富不断增加，最终获得了经济上的自由，过上了优越的生活。他的成功，除了因为有一定的资本，重要的是他可以把自己的资本运用得好，可以让钱生钱。钱是可以生钱，但所有的买卖都不是稳赚不赔，所以投资又是有风险的。能够控制风险是一种能力，这种能力不是靠运气支撑的，这种能力是学习与思考沉淀升华出来的，这种能力源于经验和思想的不断结合更新。

在股市上，有常赚钱的，也有经常亏钱的，通常是赚钱的少，亏钱的多。谁都不想赔，谁都想赚，但无论如何还是赔的人多赚的人少。你想要成为少数，说来也是件容易的事。赔钱的人不见得不爱学习，可天天学习也一样会亏，因为学习只是一方面，更为重要的是——你明白，你更要做到。简单说，你要守纪律。

看好一只股票，可以适当做大，但卖出去多少还要在适当的价位买进来多少，要对那只股票持之以恒，如果一味追涨杀跌，最终还是聪明反被聪明误，吃亏的是自己。能在股市上获得成功的人，往往是可以为自己制定纪律并严格遵守的人。

任何人想要在某个方面获得成就，都要对自己进行有效的管理——制定并遵守纪律。而这本身，并非平常人能做得到，执行好的。

未　知

每天夜深人静时我就想对未知的存在说点什么，我要说的未必是给某个具体的人，我想说的更偏向于自言自语，可以说，我是想说给未知的存在的。

对于已知的，我能感受到自己不想再说，拒绝再说，而每一次言说都是一种不理性，不自控，甚至是不自爱，然而对于未知的，未来的，我又有着隐约的期待与热爱。

当世俗的观念与情感升起来时，我会告诉自己，不要写，不必写。当纯粹的思想与情感升起来时，我又会觉得，不必想太多，想写便写。写，也未必全然敞开，敞开也未必真能放得开，放得开也未必真正写得到位，写得到位也未必真正能获得大多数人的认可与理解。

现实生活对每一个人提出种种要求又有着种种限制，这种存在也通常被认为是正常的、合理的，我们认为是正常与合理的，却不见得是正常的、合理的。

真正的作品，一定是以作家与艺术家的天性也可以说是灵魂为底色的，而人在社会生活中的种种变化总体倾向于妥协，其结果必然是被弱化或被异化。即便是一个人在社会上取得了非凡的、卓越的成就，他也是要被弱化和异化的——他终将承受比平常人更多的虚空，因为有些成就的获得终要失去，也可说，有些人拥有越多，成就越大，危害也就越大。

　　真正的好作品源于生活的说法，不如表述为源于作家艺术家的心灵。一切艺术创作关乎心灵，是为着人性的，人类的灵魂纯粹，共存和谐而存在的。正如人在社会生活中存在，但社会生活未必是人存在的本质。

　　人是恒久活在矛盾中的，文学和艺术能让人趋向于矛盾的消解，让人回归，让人在有生之年，而非以死的方式回归，让人趋向于向自然回归——人是自然环境的动物，但人的存在又是趋向于反自然的。反自然，也可以视为反自我——尽管人各有各的背叛自我的理由和无奈。

　　没有自我的爱与奉献可以称之为是无知的，对他（它）存在的冒犯——尽管那种存在又被称为高尚甚至是伟大。人以各种方式建构人类的生活，人也将以出其不意的方式摧毁人类所建构的一切。正如人类反对战争，喜欢和平，然而战争的发生并不以绝大多数人的意志为转移。

　　文学的，艺术的，宗教的，必然是与政治的，经济的，生活的存在是相悖的，应当允许甚至是提倡这种相悖，不然人类便是某种意义上的对自身的背叛。

　　不必急功近利地去确定，确立什么，人类当对未知的，不确定地保持着足够的敬畏之心。而文学的，艺术的，是不确定的，趋向于对未知的一种存在。

万物有灵

　　母亲年轻时天不怕地不怕，不信有鬼神也从来不曾有敬的言行，上了岁数时却改观了。然而骨子里仍然是一个很自我的人。

　　人到中年，我有些信命运之说，也有些相信世间有鬼神，但骨子里也仍是个自我的人。我的自我又是随和包容的，和朋友聊天时，说到一个我并不赞同的见解，为了不破坏聊天氛围，也会嗯嗯啊啊，点头表示，是这样，也许是这样。

　　也有坚持自我的时候，那时我会反对某个人的某个观点，却又不愿意去争论。我早些年是会的，那时与朋友争起来，常会面红耳赤，甚至是不欢而散。我喜欢那时的自己，又觉得此时的我之变化也是正常。此时我所认识到的自己，大约是这样的——我终于活在地面上了，认同了要工作，要赚钱，要扎扎实实生活，但我内心却又觉得，这并不是人生或生命的实质。我的实质又是什么呢？可以说，是无尽的虚空。我对无尽的虚空有着潜在的向往。这说明我对"灵"有着无比的渴望。我的骨子里相信万物有灵。灵，是虚空的，又是存在的。那种存在难以言说，难以捉住来细细打量研究。灵之存在需要感知，也需要表达。写作是对灵的表达的一种方式。也可以说，所有的艺术创作，也是对灵的表达的一种方式。

积极向上的人生，或积极进取的人类，当是有着对"灵"的向往的，简单说，要相信人有灵魂，万物有灵的。梵高可以通过一双旧皮鞋或几朵向阳花传达生命之力，安徒生可以让小锡兵变得有生命有故事，如果我们从庄稼地里摘取一根稻草，独自凝视它，思考它，它也可以千变万化，我们甚至可以由此写一组诗——但你总会觉得意犹未尽，没有写好。一花一世界，一叶一菩提。这种说法是对的。我们都认为，人是最为复杂的动物，这大约也是对的。从另一个方面来看，人之不断的进化，其初衷未必是想变得越来越复杂。一个凡俗的人的格局未必太高远，也未必会想太多问题并让那些问题有确定的答案——而这正是文学和艺术要继续发扬光大，持续存在的理由。

文学的，或者艺术的创作，是要提出问题，解决问题，是要为着发动和提升人类的想象力和创造力。人类去了月球，又把机器人送上火星，这些努力可以看成是人类对宇宙的探索，但这些探索归根结底是为了人类认识自身，认识物与物的关系。认识的过程，也是有"灵"参与的过程。我们可以大胆假设，万物都是有生命的，只是我们人类现在还认识不到我们坐着的沙发是有生命的，喝的水是有生命的，沙发或水，与人类是一个整体。不管是有机的还是无机的，是个整体。那么，我们是不是可以说，如果你不认为万物是有灵的，便是潜在的反人类——尽管你意识不到，不知可不被怪罪。

我在这世界上生活了四十余年，热爱并实践于写作也有三十余年，在我的感受中，万物是有灵的，人人都应当认识并确认这一点。这有利于世界变得美好，也有利于自己的精神世界得以充盈与纯粹。每当我怀疑这一点的时候，便感觉到，我的生命是那样的有限，我的人生是那样的无趣。当我确信万物有灵的时候，能渐渐感受到自己在那颗因思想情感的变化而变化的心变得喜悦起来。那喜悦从空旷遥远的地方如一束特别的光与我结合在一起，而我与宇宙万物结合在一起。

因为这样的认识和感受，我觉得自己并非只活着一副空皮囊。对照我以前写下的，不管是《欧珠的远方》，还是《诗人街》，我觉得生活中的我，活成了我的反面。但不管我多么想生活得好一些，我骨子里是渴望着脱离所谓现实生活的。因为，追求现实生活的人，终究只活着他有限的一生。而人要想活得更多，更广，更久，是应该活得有些不切实际，活得有些特立独行的。

好在，人的一生可以上千次审视自己，改变自己的活法。

好在，人生的这个过程，只要你想要创造奇迹，奇迹便有可能发生。

人真正的好运气，好状态，是基于他相信万物有灵才可发生的。

想　象

如果有神仙，人与一尾鱼，一只猫有什么区别吗？人想象了神仙的存在，人的想象被传说、被记录、被创造，又成为一种宗教或文化样式的存在。宗教与文化的存在，是人类精神生活的重要组成部分。

文学艺术创作，是人类文化生存与发展的重要组成部分。凡文学的，艺术的创作，离不开想象。想象是肉体生命的隐形翅膀。假设这个世界上的人失去了想象，人类的世界便会成为一个机械、僵化的世界。如果"想象"中存在神的影子，它必是慈爱包容的。

在我们意识不到"想象"存在的地方，人类的想象依然存在，甚至人不自觉地活在想象之中，人类共存共创的一个想象的世界中——但我们通常并没有认识到自己是"想象的世界中的人类"的一员。

人类今天的生活可以说是人类想象力在现实世界中演绎的结果。但人类越来越不爱阅读，或者越来越否定想象的重要，这意味着人对自我，对人类的背叛。而意识到阅读与想象力重要的人，能把想象力运用到他的生活、人生当中的人，都可以称之为非凡俗的人。

这样的人是少数的，那少数的，是可敬爱的。

状　态

又想写诗，又找不到写的状态。

　　状态如水底的石头，在流水般的光阴中被淹没了。尽管我确信，那"状态"的鹅卵石仍然在那水底，但我并不确定什么时候才能自然浮出水面——我渴望有种有利于我的外力，实际上那等于盼着天上掉馅饼，不现实。企望石头自然浮出水面是不现实，只能是人为地把石头从水底打捞起来。捞起来也简单，那便是坐下来，写下去。写不了长的，可以写短的。写不了理想的，可以写一般的。写，能持续下去，会有好的状态出现。

　　光阴似箭，一天天，一周周的，太快了。在那飞逝的时光里，什么留下来，什么又是最有意义的呢？当一些朋友在饭桌上谈起自己的从前，从他们的话语中可以看到八十年代的、九十年代的，还尚年轻的他们，然而被讲述的过去已是过去，现在的他们确实已是上了岁数了。有的退了休，有的也将要退休了。虽然事业有成，也出版发表了不少作品，然而还是有些美中不足。那些还年轻一些的，也总是忙着工作和生活——他们也在写作，写作又往往不是他们的主业，然而他们每个人的梦想或渴望，大约便是安静地阅读和写作。如果在写作上倾注更多的时间与精力，他们会取得卓越的成就。

　　人人都被生活所左右着，只是有的人清醒，有的人不以为意。清醒的人坚持着，寻找着可利用的时间，调整着状态，时不时地写出些作品来。有些作品虽然谈不上好，但毕竟是有作品出来。能不断地创作，是幸运的，是不被生活与命运所左右的，但那样的人并不多。我本是那样一个幸运的人，只是我对那样幸运的自己产生了怀疑，我终究还是妥协了，服从了现实。我不该怀疑自己早年坚定的方向，有方向的人的活法，是最简单的。我越来越相信，越是能简单地生活的人，越是算得上是幸运的人。我是否有权力成为那个可以简单生活的幸运的人？当我这样问自己的时候，我的答案并不是肯定的。

我简直是有些痛恨自己是那样一个随心所欲的人了，我应该做的是超越现在的、自己也并不满意的自己。而这意味着，我要回归初心，以读书、写作为主。我渴望那样的状态，那样的状态我也可以拥有，只要我克服掉自己对自己的怀疑，超越平凡的生活。

今夜有雨

今夜有雨，也没说非得跑到阳台或走到窗外看一看。

我在收拾书房。我把收藏的佛像、石狮子、石头等摆到它们该待着的地方。它们该待在什么样的地方，或者说，我明天该干点什么，大致是可以确定的。那大致确定的，也是可以打破的，只要一个念头产生，只要行动起来。就像写作，今天可以不写，也可以写。一个念头产生，写，坐在电脑前便可以写了。

人生的种种不确定，也可改变，只需要有了想法，行动起来。只是人到中年，想法少了，行动力也不如从前，基本上凡事都本着顺其自然，依心而活。尽管事实上未必如此，可心境与状态，还算得上是恬淡自如。如果没有干扰的话，我绝大多数时候喜欢一个人待着，一个人待着，什么都不太想做，只是漫无边际地想着事情，也不知想了什么事情。仿佛那样的存在，有利于自己进一步成为一名作家，一位诗人。

独自一个人的时候，内在的那个自己会与我交谈。那无声的言语，静默的时光，令我感到美好。回想过去那样的自己，再想想自己之外的人类世界，我觉得一个新的世界，如果能从那样的自己开始就好了。想一想，不由得一笑。再想一想，实际上，喧嚣的世界也在安静的一面，只是人们很多时间并没有深入其中罢了。

此时，雨变大了，隐隐还听到了雷声。

雷声如诗，让我想到，是天空在大声朗读着什么。

超　越

长篇小说开了头，还是没能写下去。时间和精力都用在别的其实并不重要的事情上去了。时光是浪费了吗？孩子在成长，工作在做，生活在继续。只是，在写作上没有继续。也不是没有继续，只不过没有写自己真正想写的东西，没有体现出创作的价值。

其实，每一天，都有机会，都有变化。每一天，都需要选择，都是新的。一天天累加起来，便是一个个月，一个个年，便是人在时光里的变化，那变化的过程形成了人的一生一世。人在时光里渐渐成长、成熟、老去，这个过程，每一个人都可以写一首长诗或一部长篇巨著，每一个人都需要再认识，再发现——但通常，多数人的存在并不会有太多的人去关注。

一个人老了便老了，没了便没了。老并不可怕，有点儿可怕的是一个人一生一事无成。人还是要追求如何活得值得的问题。但一般人不会想这样的问题。一般人要么忙得没工夫想这样的问题，要么是闲得发慌，想方设法逃避这样的问题。当然，只是想一想这样的问题是无益的，重要的还是要行动起来，去寻求一些人生的意义。

不同的人会有不同的活法，不同的人也会有不同的追求。哪怕是普普通通的一个人，他也有着他的追求。追求未必高远，很可能是实实在在的对生活质量的提升的追求，对身边朋友亲人的关心照顾——这两者都需要经济条件或能力。有人生活得艰难，通常是缺少一定的经济条件或相应的能力。或者说，我为了获得这种所谓的经济条件或能力，把本该用于写作的时间与精力，消耗进去了。细想来，这是错的，但这错也未必没有价值。

人活着有为小家为大家之分。为大家的写作也算是一种，但小家管顾不好去为大家，这种"高尚"在当下这经济社会里，似乎是有些不切实际。进行艺术创作的人，一般人不太了解，也不太理解。进行艺术创作的人，追求的是超越，对现实生活，对平凡人生的超越，这种自我的超越，通过作品或成就，有益于社会，有益于人类文明的发展。

事实上，人有权力选择他认为适合自己的路去走。为小家也好，为大家也好，总的来说，人活着还是为着别人的。每个人都免不了要生活在俗世之中，哪怕再成功的人也无法成为神仙，但人与人之间相比较还是大有不同。与众不同的人，确实有着值得敬重的一面。人，大约都想受人敬重的，因为那样地活着，活得是更有价值和意义的。

只是，那样的价值与意义的实现，往往让人倾其一生，呕心沥血。像路遥那样去写，值得吗？会有不少人说，值得，也会有更多的人说，不值得。

背　叛

收到一笔稿费，也不知何处汇的，不多不少，可以为我的车加三次油，跑上一个月。收到稿费，这无形中又提醒了我是写作者。可我已经挺久没有认真写一篇像样的文章了。写也只不过是写一写小随感而已。

没有进入真正的写作，不为写而烦恼倒是一件好事，只是每天虚度光阴也让人很没有成就感。我知道，生活中的人，无非就是工作生活娱乐，谈不上有什么与众不同的追求。写作大约算得上是让写作者与众不同的。与众不同多么好，以前我认为，每个独一无二的人都应该追求卓越，获得这样那样的成就。可现在并不会再强调人应当如何如何去生活了，现在的我更倾向于做一个平凡的人，过着平常的日子。只有不平凡的人才会超越生活，超越自己，那样多累啊。最近一段时间的我确实失去了上进心。最近的我不过是在想着生活得更好一些，生活下去便是了。

半年前的我还时常生活在痛苦中。那时的我抱怨生活的种种现实束缚了我，让我身心俱疲，让我无法真正深入到写作中去。不满和抱怨是没有任何用的，不顾一切坚持写下去也不太现实，或者说一意孤行的话很可能会伤害到自己的亲人，这不是自己想要看到的。因此这半年来，我没有了以前的种种不满，像是在过着平凡的生活，也不再想着在写作上如何有成就了，甚至还拒绝了一些约稿。

然而，我骨子里并不是一个甘愿舒舒服服地生活的人，我还是会想着写作。我不知这样的日子会持续多久，我知道如果太久就可能在写作上废了。如果我不再继续写作，这即意味着对自己的背叛。背叛别人要落骂名，背叛自己的后果又是什么呢？一个有想法有追求的人窝窝囊囊过一辈子，他终究是不甘心的。

如果一直这样下去，彻底背叛了自己，我大约也是不甘心的。

诗

　　一个人要不要思考自己和别人，和外界的关系？思考生死以及存在的意义、人生的价值？每一次思考，总感受到自己活着的局限性。这使我有理由爱上诗以及诗一样的存在。这使我感到在别处或在我的内部，有一首简单的诗在抒写着我，结合着一股清风，一片雪花，一场淅淅沥沥的小雨，或想象中远处另一个人的回忆中有可能存在的自己，一个令人感动的故事——这都可以让那首无形的诗继续存在于我的感受中。

　　诗在写着我，我笨拙地感受并捕捉着诗的存在。在这个过程中我相信，世界是一个整体，而我是正在形成的一首诗。一个人的存在是一首诗，一个人与自己之外的存在也是一首诗。自己阅读着自己，阅读着自己之外的诗。也有自己之外的人抒写并阅读着自己，这是一种自我的爱，也是一种博大而模糊的对万物的爱。

　　诗是爱的一种形式？或许正是如此。

　　我如同一首诗在我的内部，也在别处继续着我的可能，我感到我与我同时代的人们一起在时光中里走向远方，渐渐融入一种永恒。

月亮说

你望着我之外的空空荡荡，感受着我的无声无息。

我是月亮又不是月亮，我是一个名词又不是一个名词。

你望着我，思考什么等于没有思考，爱着什么等于没有爱着，来回走动等于待在原地。你的时间并不存在，你的想象只是虚无。你肯定与否定没有意义，你的孤独与痛苦散发着不存在的光辉。你相信什么等于相信自己。你是谁并不重要，你的名字是没有名字……

我不是你小时候的那轮月亮，又是你小时候的那轮月亮。

我是一个没有生命但仍然渴望爱的实体，你无法理解并说出我和你之间的关系。

你吃月饼的时候不是在吃我却又是在吃我，你讲故事的时候不是在讲我却又在讲我。

你的纯粹无法与我相提并论，你的诗意扭曲了我的诗意。

你的沉默如同我的沉默，你的语言显得多余。

我甚至是你的祖父祖母……是你无声的哭泣。

魔　镜

　　中午睡了一会儿，下午带孩子去爬凤凰山，回来后吃过晚饭与朋友聚聊到晚上十一点钟，回家洗漱过后躺在床上却无法入眠。这失眠的情况并不多见，今晚却结结实实地失眠了。失眠之前想过股票，想过小说，想过明天的工作，想过要不要写一篇随笔。先是放弃了写随笔的想法，现在又要再写一写。写一写，大有不写不能交差之嫌。

　　虽说这段时间没有正儿八经写过什么作品，但写长篇的想法像"暗物质"时时刻刻作用于我，存在于我的生命之中。为什么一定要写长篇，为什么不能把中短篇进行下去呢？这是一个很难说清的问题。仿佛这写长篇的想法长在了我的头脑中，内心里，挥之不去，清除不了。我似乎是在等一个时机，那个时机到了的话，不写将不可能，什么也阻止不了。那样的一个时机是需要积累与感受的结合达到一个瓜熟蒂落的程度吗？我不知道。

　　昨日晚上与一写作的朋友喝酒聊天，感受到写作者各有自己的局限，而打破这个局限最好的办法便是，不要太清楚地看问题，想问题，那或许是错的——最好的办法便是继续写下去，依着自己的内心写下去。内心，一个作家的内心世界确确实实可以构成他所在的世界的一面镜子，而且，可以是一面魔镜，让读者通过那面魔镜，看到现实世界中有的和没有的，存在的和不存在的。

再次想到卡夫卡，想到他所说的，一切皆是虚构。我相信，这是一种超越现实的认知，是一个真正写作者的坚定智见。确确实实，在卡夫卡面前，许多写作称得上是无意义的，但我从来不愿意否定那所谓无意义的写作。也并非是说，存在的便是合理的，而是一个人或一个群体的写作，是一个由个人到众人，由具体琐碎的生活到庞杂抽象的社会，由现实到精神的创作和承续。这个过程中每一个参与了写作的人，都有他的价值和意义。

写作者

晚上十二点过后是我的时间，这时间也只能有个把钟头，熬得太晚了对身体不好。这时候孩子睡了，房间里安静下来，都市的喧嚣缓和减弱下来，窗外的夜色正好，如果有一轮明月，便更是诗情画意。这时我抽一根烟，沉静下来，想写点什么。有时写了，记日记一般，有时凑成一篇短文，好像也算是对生活在过去的一天的交代。不管写不写诗歌和小说，只要在写，便使我感觉到，我仍然是个写作者。

一个人，或者说一个写作者，在这个有了大变化正在发生变化的世界上应该有个什么样的定位？思来想去，我不过是一个普普通通的人，而写作也只不过是使我的人生多了一抹亮色。炒股票能赚钱的、做生意做得风生水起的、会点儿音乐的，大约他们的人生也会因此多一抹亮色。作为写作者的我与他们有何不同呢？有，又或者说没有，似乎刻意去区分之也无多大意义。我清楚的是，我打心里是认可写作的意义的，也是认可自己写作者这一身份的，只是不知何时，不再把这意义与这一身份看得那么重要了。

作为写作者的前辈们，那曾写出过优秀作品的，不管是逝去的，还是依然活着的，他们曾经的或现在的对写作的执着终究给他们换来了什么？物质的，名誉的，或者是他们把写作这项事业，当成了自己所追求的人生的意义所在——这是重要的，别的都不是那么重要。这是重要的，因此我依然不能够想放弃写，以便获得多一些的轻松。所以我会用睡觉前的一个小时，写下一些文字。

我希望孩子越来越大一些以后，生活得越来越没有负担以后，能有更多的时间和精力用于写作，扮演好写作者这个角色，最好扮演得有声有色，生龙活虎。有时我想，我放下了写中短篇小说，有时只不过是偶尔写一写小小说，大约是为了要写一部我想要的长篇小说。这是一部什么样的长篇小说呢？我说不好，但我希望这是一部特别的，带着我的灵魂气息的长篇。我不知何时才能开始这长篇的写作，仿佛开始的那天，便是要把我这个写作者的身份进一步加强似的。

无论如何，作为一个写作者，能对这个世界上的人们说说心里话，或者去通过文字创造一个虚构的世界是种幸运，因为有太多太多的人的存在，几乎是沉默着的，无声无息的，一味生活在现实的沉重里的。

这个人类的世界要变得越来越好，大约是需要那许许多多的，平凡的或卓越的写作者的。也可以说，在这个世界上的某个区间，读者和写作者相互成就的结果令世界更加美好。

平　凡

以前碰上在文学这条崎岖漫长的小道上掉队的，不想再写下去的，我会送上鼓励，希望对方继续写下去，虽然不一定能写出什么经典佳作，也未必能成什么名家大家，但写作对于自己来说还是很有意义的——现在再遇到那样的情况，我不会再苦口婆心地让人家坚持写作了。在当下，在每个人的境遇中，想把写作进行下去可能是痛苦的，艰难的，也是没有出路和希望的，何必让人家继续在泥潭里继续扑腾，不如顺其自然。

我对写作的态度，较之以前也有了改观，我不再觉得写作是这个世界上最值得做的事情。这是我在写作上的一个转变，这个转变让我隐约意识到，我可能不会再成为什么我曾经想过要成为的什么大作家了。我可能会偶尔写一写，但也不会有多大的前途了。说现实，说生活，说什么什么影响了自己的写作，是不必的。一切都是自己的选择，一切也都是自己的局限，也可以说，一切都有着命定的成分。你信不信，或者你改不改变，如何改变，都无法从根本上左右什么。

人到中年，少了年轻时候的直言不讳，少了年轻时候的不顾一切，少了年轻时候的无知无畏。现在细细想来，这种改变是顺理成章、合情合理的。人的一生是有限的，有太多有意义或无意义的事都需要你去做，也有不少你喜欢或不喜欢的亲友需要你用心对待。做一个平凡人已是不容易，何必非要让自己出人头地，成名成家？即便是成了就一定好吗？有时我想，在这个快速发展的、渐渐膨胀变形的世界上，需要越来越多的人甘于平凡才好。

其实，我知道自己至今是个不甘于平凡的人，但我告诉自己，至少要尽可能地保持一颗平常心，不然的话，自己都会觉得自己有点儿讨人厌。

我喜欢平凡的人胜过成就卓著的人，除非有卓越成就的人并不会把自己的成就太当一回事儿，有着一颗平凡的可以与平凡的人共振的心。

情绪，以及世界上每个人的情绪

年少时看不习惯的事很多，不负责的老师，爱欺负别人的同学，社会上的小混混，村子里不讲道理的人，独独忘记了自己身上也是有缺点的人，例如贪吃，不听话，不顾别人的感受。但那时，只要离开成人的世界，独自或与小伙伴们到田野间，果园里，与庄稼、果树、昆虫，与大自然在一起，不管阴天还是晴天，都是好心情。那时的我喜欢轮着双臂飞奔，仿佛想要飞到天上去，再也不回到人世间。那时的我也并非少年不识愁滋味，现在想来，终究是少年不识愁滋味。过去遥不可追，此时我的生命中却仍然有一个少年。一个对世界充满了各种情绪的少年，大体是简单纯粹的，大体是有爱善良的，大体是无知无畏的。

十八岁出门远行，已是青年，青年时期的我仍然是一个充满情绪的人，看不惯的，不满意的人和事仍然很多，这使我总想着去改变。那时的我已开始喜欢写作，想要通过写作来改变并不够美好的世道人心。那时的我似乎并不能意识到自己力量的弱小，只是一味地抱着理想向前狂奔。而我外部的世界，对我来大约是无视的。我也顾不得。一直到自己结婚成家，有了孩子，有了个属于自己的家，我仿佛失去了原来所具有的那种天马行空的自由，渐渐地学会了关注别人的存在，别人的情绪。我不再像以前那样可以不顾一切地任性，我对身边的人和事多了一些理解和宽容，也渐渐地学会了保护自己，让自己少受伤害。然而在一段时间里，我也感到自己的力量弱了下来。我生命中纯粹的那种灵魂力，渐渐被物质的、现实的东西稀释弱化。我渐渐地开始与全世界同呼吸，共命运。尽管我对自己的转变至今仍持怀疑态度。

大体来说，这个文明而理性的世界，仍然是以人的情绪为底色的。人，要不要管理好自己的情绪？怎么样去管理好自己的情绪，当是值得深思的问题。一位生活得不如意的朋友与我通电话时说，他想要报复一些对他不好甚至使坏的人。我说，不要那样，那样最终伤害的还是自己。挂掉电话以后我又想，我为何要对他有那样的劝告？当一个人感受到外界的不友好与伤害以后，他难道不该反击吗？哪怕他到头来弄得自己伤痕累累，声名狼藉，他也是在真正地活着真实的自己。但是，何谓真实的自己？人，在社会之中，谁都是在变化着的——抑或他还没有变成社会和他人所接受的那个他，是他的问题。

　　我虽然不愿意发生战争，有时却越来越相信，世界上没有比战争更加能净化人性以及人类的文明基因的了。当然，如果理性的人类能更有效地控制情绪，不同民族、不同国家、不同信仰、不同性别、不同年代的人能够和平共处，自然是更好的选择。这前提条件，大约是每个人都能保持初心，热爱艺术；这前提条件，大约是每个人都能衣食无忧，自尊而敬爱他人。

　　从艺术的角度讲，每个人都有一个自己的世界，你是否真正建立起那个可以让你感受到生命意义与价值的小世界？

惆　怅

　　今天开车上班时，深圳上空的蓝天白云让我心情愉快。

其实早一两天，天上阴云密布时，也让我有着期待一场瓢泼大雨的快乐。后来，果然下了雨，我去单位抽烟室抽着烟，观望着雨从高空中落下来，也不知想了点什么。

每一天不管晴天还是阴天，都是好天气，似乎都有好心情。人到中年的那种平静中生出来的好心情，让我感到自己每时每刻都在享受着生命带给我的——幸福。这么说，仿佛是在唱高调，仿佛是在主旋律了。其实，每一天差不多都是做着鸡毛蒜皮的事，一天下来也常有一地鸡毛的感受。然而一天下来，到了晚上总有个片刻是属于自己的，是可以获得宁静的，这又使我感到难得。有时我会用那难得的时间看几页书，或者写写东西，有时也什么都不做，只是静静地抽支烟，也挺好。

每天早上到了单位，总要忙一些事情，看稿子编稿子，处理一些工作上的琐事。例如每个月都要造一次表，稿费表、寄刊表，合计八份，基本上要花两天时间。这是我不愿意做但又是必须要做的事。通常，我造完一两张表，要去抽一支烟，看一会儿天。透过抽烟室的窗所看到的那片天，不知盛下了我多少次的凝望与闲思。我的眼神带着我的情感与思想，带着我的存在融入那片天空里，我的那种别样的存在，又被风雨冲散在茫茫宇宙间。那时的我，想过在故乡的亲人，想过正在遭遇困境的朋友，想过我文学的理想，也想过下班后要不要去斗一下地主，让自己放松一下。所有的想，有点虚无缥缈，仿佛又带动着我看不见的灵魂，参与到我外部的世界中去。

　　我对于我所感知和想象的世界有什么意义？我究竟是谁？在将来又有什么别的可能的活法？这么一问，仿佛一切又都变得不确定起来。不确定是好的，正是因为活在不确定中才有了持续向前的期待和动力。但人活着，又有着一个大确定，那便是人总有一天是要消失的。当我看着天空时，我想到一些已经消失的、曾经熟悉的人，那会令我的心间充满了惆怅。我想每个人活着时，不管他以什么方式，什么态度，应该都是爱着这个世界的。基于此，每个人都当对别人多一些理解和包容，多一些爱与关照。

　　写到此处，我感到自己仿佛在给一位朋友写信，我是想告诉他，别着急，要多一些耐心，多一些坚持，将来一定会好的。即便不能够好，也还是要望着天空笑一笑。人生，不过是一个过程而已，成与败，得与失，都不必放在心中。然而也有些重要的，值得自己付出甚至是牺牲的，那么，为了那所在意的，无论付出多少，承受多少，也应当是无怨无悔的。

　　许多道理大家都是晓得的，可是有的人还是活在自己的局限性中。我是如此，他是如此，许多人也是如此。这是每个人有时无端地惆怅起来的原因吧。有时惆怅一些，大约也会使我们外部的世界显得美好一些，亲切一些，值得期盼一些吧。

七条小鱼

一个月前的周末，吃早餐时经过一家观赏鱼店，孩子非要到里面看鱼。

孩子看到漂亮的鱼在玻璃水缸中，双目生辉，欢喜异常。看孩子那样喜欢鱼，我也心动，但我对养鱼又一窍不通，便有些犹豫。后来，终是决定不养。不过那天临走时，店主，一个年轻的小伙子，说，孩子喜欢，可以送几条。我说，那就送几条当鱼食的小鱼，用塑料袋装上，回家可以养在盆里。

家里有个太湖石盆，回来后就把小鱼养在里面了。小鱼二三厘米长，青灰身子，在水里游来游去，孩子数来数去，最后确定，共有七条。孩子还把面包揪成粒喂鱼，久久看着水中的鱼儿不愿离开。但第二天我便发现，有两条小鱼死了。可能是吃多胀死了。有条小点的，只余下了小小的头骨，身子被别的鱼给吃了。都是那么小的鱼，竟然也可以吃同类。我当时有些吃惊，我没想到优胜劣汰、适者生存的自然法则，竟然在那方小小的石盆里上演了。

接下来的几天，尽管我换了水，禁止了孩子给小鱼投食，还是有三条小鱼先后死掉了。还余下两条，我从朋友处讨来一束水草，希望两条小鱼可以活得久些。二十多天过去了，两条小鱼仍活着，每次拨开水草看时，它们还在，便觉欣慰。

只是孩子们对小鱼已然失去了兴趣，除非我说，来，看看小鱼——孩子这才去看一眼。

又有一条小鱼死了，夹在越长越茂盛的水草中，有完整的身体，竟然并未被另一条吃掉。不过，那余下的唯一的一条，活得恹恹的样子令我有一些难过——在我清空了水后，躺在石盆中的那条小鱼只是张合着嘴，连正常该有的挣扎也没有了。也许，它需要几个伴了。我不确定会不会再讨几条小鱼来给它当伙伴。我想，如果再来的小鱼和那条小鱼同在一个石盆里，它们又会从它那儿了解到什么，它们又该如何相处呢？

前天晚上有月全食，我看着夜空中的月亮时，似乎又想起人该如何更好地生活在这个地球上的问题，然而并不会有理想的答案。

凡有生命者，似乎不过是活着，活过而已。

然而，所有的生命都有一个过程，那过程对于外界来说，是个很难猜透的谜。

自以为是

除了那些自感卑微到不能再卑微的人，总感到自己像尘埃一样在人世间有幸偷生，总是仰望着别人的人，我不知道还有哪一些人不是在自以为是地活着。当我这样想的时候，我深深地感到自己也是自以为是地在活着的那类人。

一个人如果把自己当成一个与万物没有等级区别的人，把自己当成花花草草，他的眼里心里大约便没有了圣贤先哲，没有了上帝佛祖与英雄豪杰，尽管他普通得不能再普通，平凡得不能再平凡，但我却觉着那样的人身上有着可贵的自知之明。那样的人是极少的，那样的人似乎也会越来越多的。我希望是会越来越多的。他们的存在甚至被认为是反人性的，反文明的，反社会进步的，但他们并不以为自己是人类当下与未来的反对派。他们也未必看清了过去，从过去的历史文化中汲取了多么高级的营养大彻大悟了，他们只不过是一群对所有生命与存在物有着由衷的敬爱之意的人。他们活着时的所作所为，并不图什么，但他们觉得自己内心涌动着的情感需要纯粹，他们头脑中想的问题，需要简单明了。

我的这种认识，大约也是一种自以为是了。而写作，也逃脱不了自以为是的嫌疑。人活在人世间，似乎是很难做到不自以为是的，但是一个人如果尽可能地去做到活得不那么自以为是，这人类的世界至少应该更加美好一些。人，在这个科技发达、物质丰富的大时代里，最好多多反省一下自己。

诗　意

嗨，写写诗吧。感受中一个我对另一个我说。

　　那时的我简单、平静，称得上纯粹，渴望通过语言，通过诗一样的东西与内在的那个我交流。内在的那个我一直是幽静的、简明的、亲切祥和的，却又是难以言说的——那样的一个我有着温和的，对世界与人的爱，是中立的，不现实也不理想主义的，是一点儿也谈不上世故，甚至用不世故称呼他也是不恰当的。

　　另一个我，与现实生活中的，别人感受中的我是大不相同的，但本质上又是一体的。两个我最为接近，彼此渴望的时候，便是我想要写一写诗的时候。但也有很多时候，有了写诗的感觉与打算，却也写不了诗。因为，仿佛是因为我被这个世界上的人和事，一些不大好的，不美丽的事，以及一些难以化解的矛盾与痛苦忧伤所影响，无法通过写作，通过语言文字来获得超脱。

　　说到超脱，我是一个渴望超脱的人，或者说，我是尤其渴望自由的一个人。但是，思想与情感上的超脱，以及对自由的理解与认识，全然抵不过现实中的那个我——我需要负的责任，需要面临一些困扰的理性。或者说，成熟体现出一种生而为人的可悲。人生无法假设，难以重来，我一日日地活着本来的我，仿佛也在扮演着一个想象与感受中，渴望与理想中的我。我想写作，或者仅仅是写诗的想法，即意味着我渴望两个我的完美统一，从而忘记或者在感受中解决了现世中的一切矛盾与问题。我希望人，以及人的世界是简单的，不要那样复杂，复杂了就尽可能地回归简单。追求简单，是种超越。

　　因为写了上面的这些话，可能就无法写成诗了。我已经挺久没有写成一首诗的预感与自信了，尽管我能感受到我生命中流淌着的诗意。人以及这个人的世界，需要诗意。诗意可以说是一个人与自己、与世界的一种存在关系的完美呈现。